紫晶月季花

残雪　著

CS｜湖南文艺出版社

序

在沙漠地带之下的深土层里，有无名小动物们在辛勤地耕耘。这些从来不露面的动物是吃土的。它们所进行的耕耘运动的方向是垂直的，只不过这个方向不是它们用眼睛看见的，眼睛早已退化。垂直的运动是同大地的律动一致的，它们用身心配合着这种大自然的律动。这些景象就是我的一篇短篇小说里所描绘的我的艺术之魂的形象。

有一位具有慧眼的异国读者指出，我的小说所描绘的风景就是创作过程本身的风景。这样的读者无疑是具有创造力的。这也意味着，阅读残雪的小说需要一定的创造力。这种特殊的阅读不能只盯着字面上的公认的意思，因为你所读到的是灵魂发出的信息，你的阅读就是唤醒你自己的灵魂来同作者的灵魂进行沟通。灵魂之间是可以相通的，这是我的信念。

已经有三十年了，我对短篇的写作情有独钟。我认为最美的短篇应该是那种元气十足、勇敢无畏地向着纵深地带开拓的表演。我在写作中力求使自己朝着这个方向努力。这套残雪作品系列（《侵蚀》《情侣手记》《一株柳树的自白》《紫晶月季花》《垂直的阅读》）所收录的短篇小说，是我这十年里创作的最新作品。我对自己的这些表演很有信心，我将它们交给我的读者来评判。我在国内和国外都有一些能够与我互动表演的读者，他们的人数还在渐渐增多，对一位辛勤的写作者来说，还有什么是比这更大的欣慰呢？我愿用这些新作品同他们共勉！

我的创作一直在层层深入，这些作品是孤独探险的产物，同时也是沟通的产物。这两种反向的运动是同时展开的。因为我们人类，是这大地上的高级灵物，沟通使我们具有无比开阔的视野。在最最黑暗的处所，在举步维艰的险境中，自然母亲那悠远的呼唤传到我们耳中，充满了我们的身心。同我以前创作的短篇相比，这些奇异的故事大概是纯度更高，更具有普遍意义，也更接近核心了吧。它们发生在与死亡接壤的地带，显示出义无反顾和孤注一掷的决心。它们暗示的是：人，可以像这样活在艺术当中。

众所周知，三十年来我所进行的是没有退路的实验文学的实验，国内从事这种文学实践的人非常少，应该是由于它的难度所致吧。要写这类的短篇更是难上加难，因为你必须“心死”，必须有长年累月囚禁自己的毅力，你的精神才不会迸散，身体才不会懈怠。我在此将它们献给爱好灵魂文学的读者，也是为了做出一个榜样，让那些孤独的心灵对自己更有信心，也使他们更有勇气地投入这种匪夷所思的操练。在物欲横流、精神废弃的时代，始终如一地关心灵魂生活的人是时代的先知，自觉地意识到身负的义务是大自然对我们的期盼。不论你是写作还是阅读，只有独特的创新是其要义。

“冰冻三尺，非一日之寒”，相信我的大部分读者都能体会到这些深邃的篇章里所透出的功力。也许我的新作会带动一些新人同我一道前行，我愿做这样的幻想。若如此，那将是我这名老艺术家的最大幸福。

残雪

2013年12月18日

目录

美人

每当我沉思之际，街对面平房的小窗就打开了。女人的头伸出来，朝街道两端张望几下，上半身倚在窗台上。我以前从未见过这样的女人，就像从古代仕女图上剪下的人儿一般。简陋的门窗，破败的屋檐陪衬着画一般的女人，将我的思绪带到我还未出生的那个年代。据说那时的物质生活是极其清贫的，然而却有美人。美人不食人间烟火，一队队从大街上游过，脚不沾地，早起的居民都有幸目睹她们的倩影，那种古风的裙衫飘带，令每个人心旌摇摇。

我观察着对面的陌生女人，思忖着：这位女郎是不是美人呢？她是上个月搬来的。此前，对面那一排平房都是空房，主人十年前就离开了，房里放着一些不值钱的古董——花瓶茶壶之类，都是粗货。没有人发现她是如何进屋的，我第一次看见她时，她就像这样倚在窗台上。她的模样使我整整一天心神不定。她太不像这里的人了，我也说不出她像哪里的人——除了古代仕女图上的那些女人。这样的事似乎是不可能发生的。她是否有家产？靠什么为生？同房主人是什么样的关系？这些俗而又俗的问题同她实在是不相称，但我还是想找一个人来问一问。

白天里昏头昏脑地上班，如在河中随波逐流，将那来来往往的顾客都看作沉默的鱼。好不容易熬到下班，回到这一条街上，这时黄昏已降临了。我一把逮住想从我面前溜走的小二，从包里拿出巧克力来赠给他。

“意阿姨，您何必呢？”他红了脸。

“那女人是哪里来的？”我指了指平房。

“她啊！”小二笑起来，“她是一名奴隶。”

“什么？！”

“我说的是实话，意阿姨。啊，我要走了，谢谢您。”

他用力甩脱我的手，匆匆离开了。我注意到自始至终，他没有朝那平房望一眼。

这年头还有奴隶吗？是谁家的奴隶呢？

黄昏时，街上行人匆匆，对面的平房门窗紧闭，就仿佛没住人一般。天一黑下来我就在等，可一直等到午夜，对面还是没有亮灯。我只好睡下了。

一觉醒来，听见对面有开门的声音，缓慢的，谨慎的。我踱到窗前去看。出来的不是人，却是一只黑猫。黑猫将门顶开之后，门就那样半敞着。我丈夫也醒来了，他就站在我的身后叹气呢。

“美人啊，美人！让人牵肠挂肚啊。”他的语调透出故作伤感的味道。

然后他大大地打了一个哈欠，复又回到床上。

我披上外衣穿好鞋往对面走去。

这是一个没有月光的夜晚，屋子里面更显得黑。她擦了一根火柴，借着火光我看见她坐在一个巨大的景泰蓝花瓶的旁边。火苗一灭，她又沉入黑暗之中。

她拍着花瓶告诉我说：

“这个东西价值连城。可是只有我一个人知道，别人不可能知道，连房主人也不知道。就是我说出来也没人相信，所以也不会有人来偷。”

她的口音像是南边的人，带点泥土味，语速较快。

“你是为了它来的吗？”

“可以这么说吧。我叔叔将这屋里的东西连同房子一起送给我了。”

她在屋里轻轻地走动。我看不见她，可我感觉得到那股气流。

门没关，那只黑猫进来时轻轻地叫了一声。应该是她带来的猫。我没有理由老待在她房里，就起身告辞。她仿佛没听见我的话，一下子就说起南边的水祸来，似乎是，她像鱼一样在水下生活过，至今仍对那段生活念念不忘。

趁着一个停顿的空当，我又一次向她告辞。没想到她又语速更快地说到了猫。猫和她从南边来到这里，可是它却好像回到了家里一样，自由自在地到外面去溜达。“如果是在水下，会怎么样呢？”她说这句话时声音突然变得尖利起来。我觉得我一时走不开了。接下去她告诉我她的名字叫葵花，一个十分俗气的、乡村姑娘的名字，但令人联想起明艳的夏天。

忽然，黑暗里响起了骚动，是从后面那间房里传来的。有个什么动物在喘气，似乎受到了致命的压抑。黑猫又叫了，这一次，是惊骇地叫，还用爪子抓墙，让人感到它是在劫难逃。我问葵花后面房里是什么东西在闹，她说，那是一间空房。我觉得她在说谎。她为什么要掩饰呢？可是我又不敢开那张门，万一里面是一只狮子呢？我不但不敢去开门，我连问也不敢再问了。我感到威胁临近了，于是想到了逃跑。

“刚才我将大门从里面锁上了，为了花瓶的安全。即使外面没有人来偷，也怕里面出意外。锁上大门，外面就不会知道里面发生的事了。”

她这话是什么意思？屋里的紧张气氛使得我的全身都变得冰冷，我抖个不停。

“真的是空房，你要不信，可以进去看看。我叔叔的卧房兼书房。”

“你、你叔叔！”我的牙齿在打架。

“是啊，谁会相信这种事呢？我那可怜的叔叔！”

她伤心起来，声音带哭腔了。莫非她的叔叔在里面？但那种声音完全不像是一个人发出来的，并且谁也没看到原先的房主人回来了啊。听说她来的时候，带着简简单单的行李走在街上，后面跟着猫。那一天我还对丈夫说她就像天上降下的美人呢。那么，或许这张门后面真的是空房？

“救命！意阿姨！”

“怎么啦？怎么啦？！”

她跌到桌子下面去了。我在屋里胡乱一顿摸索，将那张大八仙桌下面摸了个遍，可是没有摸到她。

“他哪里都不在，他啊，哪里都不在！”她的绝望的声音在半空响起。

“葵花啊，你是说你叔叔吗？”

有一些冰凉的小东西落到我的脸上，然后又掉下去了，有点像是树上的青虫。接着我就听见树枝断裂的咔嚓声。我的手在空中乱抓时，无意中触到了大门。我用力推开大门狂奔起来。

第二天是假日，但是丈夫要加班。我醒来时，他已经穿戴整齐准备走了。

“你刚才看见她了吗？”我问道，心里有点发紧。

“那个女人啊，她总是在那里的。她好像是看着颜料店的铺面，不过我拿不准她看着哪里。管她干什么呢，不过是一名奴隶罢了。”

“你也这样说！”

“都这样说的。我走了。”

我赶紧披着衣到窗前去。她还倚在那里，在这车水马龙的街道旁构成一幅古旧的写意画。她那谜一般的叔叔引发了我的回忆。可是无论我怎样使劲回到过去的年头，浮现在脑海里的男子依然是个模糊斑驳的大胡子，一张连五官都没有的脸。唯一记得清楚的是他临行前的那句话：“我走了啊。”那是南边春县的口音，和葵花的方言并不一样。

早饭也懒得吃，我就去了街对面。我推开葵花的门，看见她在那里喂猫。她的样子依然是那么光鲜，就好像夜里睡得很好似的。现在屋里满屋子都是阳光，我壮胆打开里面那张门，看见了那些瓷花瓶。莫非它们到夜里就变成了小动物？我问葵花她是怎么知道这些东西价值连城的，她告诉过别人没有。

“这种事，你心里想着它它就发生了。总是有那么一个人想着这种事。要不然，叔叔怎么就把它们交给我了呢？叔叔自己不知道，他看出来我知道，我就只好来了。你一进门，我就觉得非告诉你不可。你在我叔叔的描述里头是一位淑女。”

“那么这些花瓶是什么年代出窑的呢？”

“没有人说得出那种年代。我们只能去想。叔叔是无意中收藏的，他才不管年代的事呢。可是这一来……”

几十个花瓶当中升起青烟，昨夜听见过的那种动物的喘息声又响起来了，离得那么近，令人发抖。我看了一眼葵花，她的神情十分笃定，她的鼻翼张开，她在嗅那些烟。我终于弄清了，那喘息声来自地板下面，有一头不知名的兽在那下面。

“我知道你听起来就像是有个东西在下面，其实并没有。”葵花说，还笑了笑，“我小的时候和叔叔一块去捕鱼，他时常撇下我到水下去待一个多小时。我一个人在船上顺水漂流。”

“所以现在你什么都不怕了吗？”

“当然不是，只不过变从容了。”

她拿起一只粗瓷花瓶，让我看那上面的图案。我能看见什么呢？在我的眼前，只有旋转的小圆圈，转得那么快，我立刻就头晕了。

“你瞧，你已经知道了。”

她很高兴，弯下腰搬动那些花瓶，口里小声唱着一曲民歌——既淳朴又抒情的歌。野兽的喘息声立刻消失了，她的歌声同蓝色的烟一道在空中回旋。我的脑袋变得轻飘飘的，恍恍惚惚中有种身在异地的感觉。我用手在空中抓了一把，展开一看，一些鳞片躺在我的掌心。怎么回事呢？我听到有人在窗户外面叫我，是我的同事，他很焦急。我想，我正在外省的乡间，也许是水下，我从一条鱼身上抓下了这些鳞片，朱同事看见了我吗？他对葵花的歌声会有些什么样的评价呢？葵花说我“已经知道了”，是指我这种身在两处的体验吗？

我终于挣扎着穿过那些烟雾来到窗口，我朝外一看，看见的不是朱同事那硕大的脑袋，却是三个浮在空中的假面。那是真正的假面，它们并不能说话。那么，刚才是谁叫我呢？葵花停止了唱歌，将那些花瓶稀里哗啦地一下子弄倒了很多。在瓷片的碎裂声中有一大股浓烟涌出来，辛辣而让人窒息，我什么都看不见了。

浓烟散去时，我已经坐在人行道上，而不是葵花家里。小二站在我对面吃油条，他皱着眉，在寻思着什么问题。

“意阿姨，您手里抓着什么啊？”

“我？没有什么。”

他用如炬的目光盯着我的掌心，我跟着他看去，立刻就发现我的手掌变得透明了，有细小的黑色鱼苗在掌心与手背之间活动。我感到指尖一阵阵发麻。

“哈，您还说没什么。那个人，那个奴隶，勾了您的魂去了。要不然的话，您怎么会坐在地上呢？我没说错吧。您知道她为什么有一个这么俗气的名字吗？那是她叔叔想出来的名字。那一年我碰见他们时，那位叔叔总是在叨念：‘你这个小不点啊，一眨眼就不见了，我叫你葵花吧，这个名字沉甸甸的。’后来她就叫葵花了。”

我扶着电线杆站起来时一阵头晕，半天才说出话来。

“她是谁的奴隶？”

“我不知道。反正她是一名奴隶，您看她的眉眼就明白了。我们都明白的。”

有人在街对面叫小二，他涨红了脸，一拍脑袋说：“该死！”然后他就走了。

我回家了。我想躺一躺，就躺下了。我听见二女儿在我面前讲话。

“妈妈，我看见好多小鱼儿在你里面游。”

我睁不开眼，实在是太困了。二女儿转身往窗口走去，同外面的人讲话。

我一听那南边的口音就明白了她在同谁说话。但我动不了，我在梦中，梦里有小孩子在同风赛跑。

醒来时已是黄昏。家人们已经在吃晚餐，悄悄地说着话。我的房里没开灯。一会儿工夫，丈夫进来了。他站在屋当中，驼着背，高大的身躯显得很疲惫。

“意，你是什么样的人呢？”他说，语气很焦虑，“我从河边过来，有人捕了一条大鱼，有船舱那么长。三条大汉同它搏斗,它被叉得血肉模糊。我走到我们家门口时，又听到对面那女奴在伤心痛哭。我觉得她的哭同你有关。”

“怎么会同我有关呢？不过我今天倒真的去了她家。她是哭那些花瓶啊。”

我打开灯，穿好衣服。然后我俩一块去门口看。对面的大门紧闭，里面没开灯。

一阵凉风从街尾那边吹过来，这个时候街上没有一个人，街灯也不亮，居民家里的灯也不亮，我们完全沉浸在黑暗里头了。

“蓝！蓝！你在哪里……”我说。

我伸出手抓过去，可是丈夫发出声音的那个地方只有空气。

然而对面的灯忽然亮了，窗户大开，女人出现在灯光里，还有那只黑猫，这幅画面在我们的黑夜里是如此的明晰，简直就像记忆中的永恒。我忍不住告诉丈夫：

“她的名字叫葵花。”

“是吗？从前在我们乡下也有个名叫葵花的女孩，是摘棉花能手……意，你以为此刻这条街上的人都睡了吗？恰好相反，他们就像我们。”

有异香从丈夫说话的那边隐隐地散发出来。我能够看到他的身影，可那只是一个影子，没有实体。

我们上床的时候，黑猫叫个不停，一副不依不饶的派头。我们将它的叫声带进各自的梦里。在梦的间歇里，我们听到过沙沙的小雨声。我反复想到这个问题：葵花会不会冒雨离开呢？但只要我深入这个问题，马上又回到了梦里。

我观察着乌老太，我想从她那里获得关于美女的知识。

乌老太是孤老，上一个时代的遗老，住在豆腐店的楼上。

我从狭窄的、布满灰尘的木梯侧身而上，电磨的轰响震耳欲聋。乌老太没钱交电费，房里是黑的，只有地板的缝里透出点光线来。我坐下之后就想开口说明来意，但乌老太阻止了我，她不要我讲话。于是我就坐着不动，让那电磨折磨我的神经。我开始想象乌老太日日夜夜待在这间房里的情形。也许那巨大的电磨已成了乌老太的密友，只要一天听不到它那无情的碾磨，她就会空虚？

当我凝神倾听之时，奇迹发生了。我听出那怪物碾碎的不光是黄豆，还有各种各样的声音——儿童的，少女的，老人的，壮年男子的等等。轰隆的巨响中夹杂了一些单音节的喊叫：“哦！”“啊！”“嗨！”“哇！”等等。

乌老太然后走过来拍了拍我的肩头，让我同她一道去房间外面的狭窄的走廊上站一会儿。我和她扶着木栏杆站在那里，沉睡的街道的轮廓尽收眼底。奇怪的是一到这里就听不见电磨的轰响了。我们对面的木阳台上亮着一盏灯，灯下有一个瘦弱的女孩在选稻种，她的鼻尖凑到了盘子里的谷粒上头，她看上去可怜巴巴的。

“她将来也是一位美女。”乌老太从透风的牙齿缝里咕噜出这句话。

我想，我怎么从来没有见过这个女孩呢？我问乌老太她是新来的吗？

“本就是这里的……悄悄地就长大了。美女就是这样，从前这里美女如云。”

“那么我家对面那一位呢？您以前见过吗？”

“没有我没见过的美女。你是来我家问这个的吧？刚才你在房里什么都听见了。”

对面的小女孩抬起头来，用痛苦的声音乞求乌老太：

“阿婆！阿婆！我要死了！您想想办法！”

她似乎在抽筋。我看见她的上方有一个黑影笼罩着她。

乌老太含糊地自言自语道："我有什么办法……我有什么办法？"

她拉着我回到屋里，我听见轰隆声中冒出一声孩童的凄厉的尖叫，然后一切都静下来了。我看了看街对面，那阳台的灯也黑了。

乌老太上了床，她唤我到她跟前去，伸出苍劲的手抓住我。我感到她在发抖。

"美女……美女，是前一个世纪的事了。现在的都长不大了。你家对面的那一位，是一个影子，被囚禁的……"

房里这么黑，我没法看见她脸上的表情，但我知道她十分紧张。她将我抓痛了，我忍不住呻吟起来。疼痛使我的脑子活跃起来了，我真切地想象出了那些美女的风姿，我甚至看见了她们脚踝上系着的铃铛。系着铃铛走来走去的这些全是奴隶啊！

"你不该来，你来了，这件事就被揭露了。"她说着就松开了我。

我听见有人上楼来了。可是那个人上上下下的，总不进屋来。我问乌老太那是谁，她说每天夜里都是这样的，她都懒得去管是谁了，管也没用，因为看不到那些家伙的真面貌。有时心烦了，她就盼着电磨的声音响起来，盖过这些"杂音"。

"我站在走廊上晒衣服的时候，眼力就变得好起来。

有时可以看到百里外发生的事呢。这年头，越活越有意思了。”

我要离开了。乌老太反复叮嘱我贴着墙下去，免得出意外。她说她最担心我“一脚踏空”。我出了房门，却找不到下去的窄梯子了。于是我用手去摸墙。我刚一摸到墙，身子就坠下去了。我落在一大桶泡软了的黄豆上面。

“你下来了啊。”那位工人说。

他在一盏很小的电灯下严肃地看着我，似乎在等我说话。

我的背脊骨被摔得不轻，只能一动不动地躺在桶里，话也说不出。

工人走拢来，他的脸离我很近，我觉得那张脸时大时小地变幻着。

“你不想承担责任，对吗？”他问。

我莫名其妙地摇了摇头。

“那我就走了。”

我听见他锁好豆腐店的门，出去了。

一想到我的椎骨有可能已经断裂，我就被恐惧慑服了。这时我听见乌老太在门外说话，她的声音很镇定。

“关起来了吗？嗯，可要关好。”

“这间屋，连老鼠都休想钻出去。您放心好啦。”工人回答说。

“乌老太！乌老太！我的脊梁断了！”我喊道。

“意姑娘，一开始都这样的，你不要紧张。”她隔着板壁对我说，“好好躺着吧。”

她的脚步声又上楼去了。

生黄豆的气味令人呕吐，然而屋角居然响起了夜莺的叫声，真令人难以置信啊。它先是迟疑地叫了一声，然后又叫了两声。它似乎确定了屋里没有威胁，就一声接一声地叫起来了，它显得心情欢快。夜莺一叫，我的伤痛就减轻了。后来我就扶着桶沿站起来了；再后来我就跨出了大桶，来到门边。我轻轻一推门就开了。丈夫站在门外抽烟。

“意，我们回家吧。”他说。

“你知道我在这里！”我大吃一惊。

“是葵花告诉小明（二女儿）的嘛。”

“那女人叫了小明去她那里，两人一道将花瓶全都搬到了街边。”

“她要干什么呢？”

“谁知道？我感觉她是有来头的人物。”

我没有出声，我也和丈夫有同样的感觉。我在路上告诉丈夫说豆腐店里有一只夜莺。丈夫听了就笑起来，说哪里是夜莺呢，那是乌老太，她会口技。我听了他的话心里很多感慨，我回头看了看豆腐店，竟然一下了觉得那是个温暖的、充满了故事的地方。但我在那里时却并不是这样想的。乌老太年轻时会不会是一名真正的美女呢？那种脚不沾地，裙带飘飘的美女？她在老年时营造了这样一个小窝，是为了怀念青年时代的风流，还是为了打发寂寞时光？在电磨的隆隆声中，会不会有一队队美女在空中起舞？她那精湛的口技是在环境的暗示之下无师自通地操练出来的吗？

“妈妈，葵花阿姨将花瓶全都运走了。”小明说。

“运到什么地方？”

“荒山里头。她说要试一试，看有没有人来捡了去。”

“你觉得会有人要吗？”

“我不知道。葵花阿姨是那种脑子里只有一个念头的人，这种人日子过得苦。我问她我妈妈在什么地方，她说你寻死去了。她还说乌老太那个楼上是鬼门关。”

小明的声音很镇定，看来她丝毫不为我担心。她从小就愣头愣脑的，从来不为任何事担心。我很喜欢她这种性情。我问她：

“葵花阿姨说起美女的事了吗？”

“没有啊。她一门心思都在花瓶上头。一会儿要我和她一道挖坑将它们埋起来，一会儿又改变了主意，说将它们全卖给旧货市场，让它们流散。最后她才打定主意将它们运到荒山里去。她跟车走了，现在还没回呢。”

我看着街的对面，那里的门窗全闭得紧紧的。也许她永远离开了呢？丈夫在我身后说话，他似乎心情不错。

“不管那屋里住没住人，情形总是一样的。”他说。

他没有说错。

只要我想看，就可以看见街对面的那幅美人图。乌老太也去世好多年了，而葵花和她的猫也许是永远消失了。可是“她”依然倚在窗前，那种美丽，完全不像一个真人。

小潮

小潮父母双亡，孤零零地住在空空的大屋里。这栋屋子里面有很多房间，天一黑，这些房间就令小潮感到害怕。不知从哪一天开始，他从房里拖出一只行军床，到院子里面去睡觉了。整夜整夜，从那些房里传出哀怨的哭声。小潮已经习惯了，他将自己的房屋称之为“哭屋”。哭声每次都从东头那间房开始，是个女人，一边哭还一边诉说。然后，就有老人在中间房里附和。老人的悲恸惊心动魄。小潮将被子紧紧地蒙住头部，万念俱灰的感觉还是紧紧地缠绕着他。老人哭的时间很短，中间有长长的沉默，然后听见他在说话，说完话又沉默了。这时其他房里又响起哭声，这里一声，那里一声，都很短促，像是某种爆发，然后又被压抑下去了。每天晚上都是这同样的程序，要闹到凌晨才会安静下来，那时小潮便昏昏睡去。他梦见龟，龟的脚爪轻轻地搔着他的脸颊，安抚着他那颗受惊的心。程序虽不变，哭的频率、强度却有变化。有时候，哭声消失了，哭泣者只是一味地诉说。诉说的内容小潮只听得清零星的一两个字。渐渐地，小潮辨别出来那老人和那女人其实是一个人，是一个老人，他逼尖了喉咙装成女人在哭。这一发现使得小潮更加害怕。小潮想，这个幽灵是本来寄居在屋子里头的，还是从外面钻进来的呢？外面就是大街，小潮多次听到过关于幽灵们在大街上游行的传言，当他听到这种事情时，他只觉得有趣。院子里栽着一丛黄菊花，菊花旁边放着瓦罐，龟就蹲在里头。它有时夜里爬出来，在院子里到处走。当小潮看见它那寂寞的、有点迟疑的身影时，睡意就会一阵阵袭来。他很乐意同龟在梦中相遇。空中也有些小甲虫嗡嗡地飞过，不过它们都不如龟那样能给小潮带来宁静，他甚至觉得这些长翅膀的小动物纯粹是在做些无用功。

由于夜里那些鬼闹得厉害，小潮一夜未眠。他肿着一双眼，将行军床搬回屋里去。有人在敲大门上的铜环，是冥姨——肥胖的点心师。

“我也可以不来。想了想，还是来了。家家有本难念的经，这种事谁也管不了谁。”

小潮心里生出某种预感，他嗫嚅着说：

“冥姨，真好啊……”

冥姨探究地看了他一眼，哈哈大笑起来。

“害怕了？害怕也没有用啊。我只是来看看的。你啊，要将所有房里的灯都打开，不要睡在一间房里不动，要这间房里睡一下，那间房里睡一下，让谁也摸不清你的规律。”

她将那些房间检查了一遍，命令小潮将书房里墙上的大幅肖像取下，收到地下室去。那是小潮的爷爷和奶奶的肖像。

他俩一起下到地下室时，冥姨就显出昏昏欲睡的样子。小潮弯下腰将两个大镜框放进收藏柜的底层，回转身一看，看见冥姨已经在那张蒙灰的椅子里头睡着了。小潮赶快打开电灯，一颗心还是怦怦跳个不停。他觉得冥姨那张脸像死人的脸。她的嘴角歪到了一边，眼睛半睁着，完全不像小潮平时看到的那副样子。一夜未眠的小潮疲惫不堪，他将冥姨扔在那里不管，关了灯，自己摸着楼梯爬上去。

刚一走进自己的卧室就又听到了哭声，这一回是从地下室的出口那里传来的，是好几个女人在哭，也是边哭边诉。小潮实在睁不开眼了，就盖上被子不管不顾地睡去。刚睡了没多久就被吵醒了。冥姨披头散发的，样子很吓人。小潮连忙用被子蒙住头不看她。冥姨在他床边坐了几分钟，就站起身出去了。小潮听见她走进了院子，然后出了大门。奇怪的是地下室里的那几个女人仍然在哭，小潮没有精神去细想，一闭眼又睡过去了。梦中有人邀他到客厅里去坐一坐，那人是一个背影，穿着长衫。在客厅坐下之后，那人就将自己那两只宽大的衣袖举起来，小潮看见有白烟从衣袖里头向外冒。他绕到那人前面去，想看他的脸，可不知怎么回事，还是只能看见一个背影。小潮感到发音困难，他挣扎了好久才喊出一句话："你从哪里来？"

"从地下室来嘛，你不是听到我在哭吗？"那人嘿嘿地笑着说，"我就住在那里，现在我要回去了，你可要看仔细啊。"

长衫游动着，小潮看不见他的脚，他游到地下室的楼梯口那里，一下就掉下去了。

小潮想，也许冥姨是对的。他不该睡在院子里，睡在院子里就等于同这个家疏离了。可是他也不敢睡在自己的卧室里，那个可怕的夜晚把他吓坏了。当时他被好几个家伙逼到墙角，一个家伙伸出手臂来对他进行"锁喉"。眼看自己就要窒息而死，他拼全力挣扎了一下，没想到那家伙的手掌就松了一点，他再挣扎时，那家伙就松了手。其他几个观看的人发出叹息声，然后他们一齐轻轻地说:“到那一家去。”小潮就看见他们一点点矮下去，最后完全从地面上消失了。当时虽然恐怖，事后回想起来还是很能激发他的好奇心的。既然他们说了“到那一家去”，这就表明幽灵们是四处游走的，可为什么穿长衫的背影又说他是住在地下室里的呢？他的那身打扮分明是个男人，可那里却传出女人的哭声。也有可能地下室住的不止他一个，有好多。从前，当小潮还是一个幼儿的时候，爹爹常到地下室去待着。小潮一个房间一个房间地找爹爹，就找到那里去了。那时爷爷奶奶的肖像都挂在地下室的墙上，一开灯，墙上那两个人的眼神就把小潮吓得腿子颤抖。肖像是被妈妈拿到书房里挂起来的，相片中的那两个人一到了书房，眼睛就变得呆滞无光了。冥姨命令他将肖像放回地下室，是让他们回“家”吗？她说得对，害怕是没有用的，必须面对。小潮想到这里，就决心不再睡到院子里去了。这里是他的家嘛，他必须把家里的情况都搞清楚，躲是躲不开的。小潮家里从前有个保姆，是专门请来带小潮的。她成天抱着小潮在外面游荡，总不肯进屋，她说屋子里头“阴气太重”。也许她是看见了什么东西。后来有一天，母亲要她去地下室取两瓶酒。小潮清楚地记得那一回她是怎么发疯的。她从柜子里头拿了酒，招呼小潮同她一块上楼，小潮走前面，她走后面。忽然，她凄惨地大叫起来，然后她就从楼梯上摔下去了，她跌在水泥地上，破碎的玻璃瓶划开了她的脸颊。小潮在神情恍惚中看见一个浑身酒气的血人朝自己张牙舞爪，他拼尽所有的力气逃到了楼上。后来他就倒在母亲怀里晕过去了。保姆从他家里消失了，没人再提到那个女人。

小潮决心遵照冥姨的嘱咐，在那些房间里头轮流睡。他在院子里同乌龟一起待到深夜才进屋，进了屋他也不开灯，猫着腰钻进父亲从前的卧房，爬上事先铺好的大床，钻进被子里头。这时电灯自动地亮了，一个女人站在他床头，是冥姨的妹妹荷姨。她是如何进来的呢？还是她本来就躲在这间房里？小潮记得这个荷姨是个病人，脸色苍白，颧骨上却总是红艳艳的。平时她待在家中很少出门。

“你占了我的床，我就没地方睡觉了。”她笑着说，露出黑黑的牙齿。

“您……”小潮说不出话来。

“是啊，我天天来这里睡。待在家里是没有意思的，凡是有志向的人都不待在家里。”

小潮想，天哪，她还提到“志向”，到底发生了什么事？这么说，自己是没有志向的人，怎样才能有志向呢？他看见荷姨脸上的那两团火燃烧起来了，这使她显得容光焕发。小潮坐起来，边穿衣边咕噜着:“这是您的床，您睡吧，我到那边去。”

他走进黑黑的过道里，拿不定主意进哪间房。也许该回去问问荷姨？荷姨没关灯，一条光从门底下透出来。他返回去，推开门，荷姨不见了，被子像里头睡着人一样铺在那里。小潮不敢喊，他退回过道里，进了书房。他打算在地板上过夜。他记得门边的箱子里装着毛毯，他取出毛毯，裹着它睡在地上。进入梦乡之前他发了一个誓:一定要做一个有志向的人。这一夜平安无事，因为厚厚的窗帘挡住了光线，他一直睡到中午才醒。醒来后记起夜里的事,又跑到父亲房里去看荷姨。荷姨也刚起来，正在穿衣，样子很憔悴。

“荷姨，您天天来这里吗？我怎么一次也没见过您呢？”

“嘘，小声点，这是个秘密。你可别告诉冥姨啊。”

小潮很郁闷，他默默地看着荷姨穿好衣，悄无声息地游出去了。他俯下身去闻了闻那床被子，一点人的气味都没有。

小潮感到了饥饿，他急忙跑到厨房里洗脸漱口，然后给自己煮了一碗面吃了。吃完，他就提了一桶水去院子里替乌龟换水，还带了一些面条。远远地就看见它已经爬出来了，蹲在黄菊花丛下面。小潮看见它眼里有泪。小潮想，它要走了吗？它陪自己度过了一个夏天，他们一起做梦，现在他搬进屋里去了，它受到了冷落。

“龟啊龟，我总不能老守着你吧？这是我的屋，我总要进去，再说天气也不会老是夏天，冬天一来，我只好搬回去，你说是吗？现在屋里就已经进去好多人了，我连他们是人还是鬼都弄不清，我再不进去，就会无家可归了啊。”他苦口婆心地解释。

乌龟一动不动地听他诉说完毕，然后就顺着院墙爬出去了。小潮感到眼前黑黑的，心里发憷。这只龟陪伴了他整整一个夏天啊。

小潮低头走进面包店时，冥姨在柜台后面对旁边那个人说：

“你看，我们一说他，他就来了。”

小潮听了这话不知怎么就脸红起来，他瞟了一眼那个男人，立刻就感到背脊骨发冷。因为那个人正是“背影”,他看不见他的头部。难道在白天,幽灵们也来去自由?他听见冥姨在笑，冥姨将一袋面包砰的一声扔在柜台上。小潮害怕地拎起面包，低了头出门。走出十几步，他才回头看了一下。冥姨的面包店在阳光下静静地散发着熟悉的香味,招牌上的“冥记面包坊”几个字却油漆剥落了，要猜才猜得出。又有两个人进了面包店，为什么他们不感到异常呢？在小潮的想象中，他自家房里正涌动着数不清的幽灵，哭声响彻天庭。

小潮回到屋里，将父亲卧室的窗帘拉开，然后开了一扇窗。他听见有什么东西飞出去了，是鸟还是蝙蝠呢？床上还铺着那床被子，看不出有人来睡过的样子。地板上有个东西在发亮，他弯下腰捡起来一看，居然是父亲用过的镀金领带夹子。领带夹就躺在房间的正中央，显然是刚掉在这里的，因为昨天还没有。小潮凝视着发光的夹子，身上有点发热。他想，莫非爹爹回来过一趟了？窗外树上那只老喜鹊朝他叫了一声，喜鹊的样子很凶恶。他听说过这种鸟儿衔走人们的小装饰品的事。有可能是它当年偷走了爹爹的夹子。可它为什么又要放回来呢？啊，对了，刚才飞出去的一定是喜鹊。小潮向喜鹊扬了扬手中的夹子，喜鹊竟然向他扑过来，当然它并没有扑到他身上，在半途又退回去了。小潮沉思了一会儿，将夹子放回地板上。他注意到房间里一尘不染，是荷姨打扫的还是什么别的人呢？

虽然是大白天，小潮却感到有浓重的睡意袭来。他上了床，盖上那床印花被，一下子就睡着了。醒来后，他才想起自己一个梦都没做，这是很反常的。穿衣服时，他注意到地上的领带夹又不见了，于是在心里确定是喜鹊搞的鬼。他陷入回忆之中。从前，爹爹总是失眠，穿着睡衣从过道里走到院子里，还将小潮也叫醒，一块站在那棵树下赏月。小潮迷迷糊糊地牵着爹爹的手站在那里，好像还在梦里呢。有一只夜鸟在树上使劲叫啊叫的，好像把嗓子都叫出血来了一样。很可能那只鸟就是这只喜鹊。想想看，爹爹在那样的夜晚同它有过多么频繁的交流啊。在半梦半醒中看见的大自然总是凶恶的，有点像那只鸟儿。他想躲进爹爹的怀里，爹爹却要让他学习面对。有时，爹爹对他不满了，就将他送回卧室，自己再出来。那时小潮很想理解爹爹，可是爹爹实在太深奥了。关于爹爹的记忆中，只有这些夜晚是最鲜明的。当他同自己的瞌睡搏斗时，爹爹常常会一掌打在他的脸上，让他获得短暂的清醒。小潮没有继承爹爹的充沛精力，是因为这个，他才一直这么胆小吧。他摆脱不了梦境的缠绕，尤其在夜里，他认为自己是一个意志薄弱的人，如果爹爹还在的话，一定对他感到无比的失望吧。在那些清醒的瞬间，他听到了屋子里头的喧嚣，有那么多的人要从屋里冲出来，而母亲，正在一个房间一个房间地逐一关上那些窗子。那种时候大门也是紧紧关闭的。可是只要他一入梦，窗子又都打开了，母亲用手支着下巴，忧伤地站在书房的窗前。

小潮走进厨房时，看见雨苗正在灶上做饭。大门口着的，她是怎么进来的呢？回想最近发生的事，小潮记得，几乎所有的人都不从大门进来（因为大门上了闩），都像是飞进来的。但他们自己，都说是原来就在这屋里的。

“我在你家住了好久了。你没注意到我将你的这一桶空心面条都吃光了吗？”

雨苗的声音嘶哑。小潮想，她是夜里将喉咙哭哑了吧。

“还有别的人住在我家吗？”他问。

“我想应该有吧。不过我看不见他们。这种事你最清楚吧。”

雨苗招呼小潮一块吃面条。吃完后，她将碗筷收拾好，就提着喷壶到院子里去给黄菊花浇水。当小潮也来到院子里时，却不见雨苗。小潮想起雨苗的事，心里很不安。这个小女孩已经自杀过三次了。每天傍晚，她都像风筝一样飘来飘去。她几乎是凭着意念就可以双脚离地。当她飘来飘去时，她那憔悴的母亲就站在自家门口，有气无力地喊道：“雨——苗！雨——苗！”小潮觉得，雨苗的母亲做这件事就像例行公事一样。小潮打开大门，看见了雨苗远去的身影。她在大街上一贯走得很快，有种果断的风度。小潮感到疑惑：雨苗那几次自杀是真还是假？他打算下次遇见她一定要亲自问问她。爹爹在世时雨苗从未来过家里，她害怕爹爹，是不是因为她同爹爹太相像了的缘故呢？这两个人都属于精神亢奋，不怎么睡觉的人。小潮闩上门，回到院子里，他看见那瓦罐里居然换上了清水，里面还放了空心面条。是雨苗干的吗？雨苗怎么能够同时分身做好几件事呢？还有，龟是不是回来过呢？地面上有它爬过的新鲜痕迹，但小潮并未见过它的身影。大概雨苗见过它了，所以才送面条给它吃吧。

有一夜，小潮睡在盥洗室里头。虽然他搬进屋里来睡之后就再也没听到过那些女人的哭声，可是夜里并不安宁。只要开窗，就老觉得有东西飞进来，哪怕躺下，也有羽毛状的东西在脸上拂过来、拂过去的。当他被骚扰得烦躁起来时，他就像爹爹当年一样去过道里踱步。往往刚走了一圈，就看见某个房间的灯亮了，待他进入那个房间呢，又什么都没发现。由于这些房间弄得他的神经过于紧张，他才生出了睡到盥洗室里头去的念头。盥洗室很宽大，行军床摆在正中，周围是澡盆、洗脸盆和马桶，各式各样的龙头一律漏水。小潮将洗脸盆和澡盆里都盛上一点水，这样，他就可以在滴水声中入梦了。不过小潮的梦也并不宁静，梦境是滚烫的沙漠，他的嘴唇裂开很宽的口子。爹爹也出现在沙漠里，爹爹责备他，说他浪费了很多很多水。他感到自责，感到绝望，于是坐在沙子上一动不动了。头顶的烈日正在吸干他身体里头的水分。

他一连在盥洗室里头睡了三夜，夜夜梦见爹爹，看来盥洗室是爹爹的领地。爹爹总是黑着脸责备他，说他不珍惜水，说他这样做是“自掘坟墓”。第四夜，他修好了所有的龙头，将它们关得紧紧的，爹爹就不来他的梦里了。他梦见的是一个湖，湖心岛上长着参天大树，湖边也有很多古树和古藤，古树的枝丫伸向湖面，藤萝落入水中。这是他从未见过的风景，他居然被感动得流出了热泪。有人使劲摇他，将他摇醒了。一个脸上有很多痣的男子站在他上方。

“我是下半夜到的这里。你看，现在太阳都三丈高了。你这屋里的时间过得很快！”

小潮想起来了，这个人是四舅。四舅在小潮八岁时掉进一口井里，尸体始终没有打捞上来，后来只好将那口井封死了。他伸出白得像纸一样的手来摸小潮的脸，小潮吓得呼吸都停止了。还好，小潮感觉不到他的手。他记起刚才在梦里，他倒是确确实实感到了他的推搡，他多么有劲啊。

他好像知道小潮在想什么，他说：

“我的臂力这么好，是长年累月练习的结果。你想，单靠手臂的力量从三十米深的窄井下面爬上来，那有多么难！”

“四舅，你是如何掉到井里去的呢？”

“还不是因为好奇心。就像你……小潮，你很喜欢水吧？”

四舅说话时，身子就在原地扭动起来。小潮让开一点，瞪眼看着，只见他渐渐矮下去，终于成了摊在地板上的一块布。小潮弯下身去摸了摸这块毛蓝布，它还带着四舅的体温呢。

“你说，你是不是很喜欢水呢？”四舅的声音在空中逼问他。

“是啊。”小潮的声音有点犹豫。

“春天已经来了，你去找水吧，小潮。”

“上哪里去找？”

“就在屋里。这屋里啊，什么都有！院子里不是还有一口废弃不用的古井吗？”

小潮浑身颤抖，他害怕。他走出盥洗室，来到母亲的卧房里，他将门闩上了，免得四舅追随进来。母亲的床头柜上摆着她的巨大的针线盒，那里头有各式各样的顶针、缝衣针、扣子，还有彩色丝线。丝线的种类那么多，令他眼花缭乱。单是鹅黄就有十来种，色泽由浅至深，还有金红、桃红、玉绿等等，每一色系都有好多种。母亲生前就困在这几百种色彩里头。当她绣花时，总是面临挑选丝线的难题。“小潮，我的眼花了，你替我挑一种蓝，这种蓝啊，带一点烟灰，可又不是灰，是真正的蓝。也可能要用两种丝线来配。”她这样对他说。但是小潮一点也拿不定主意，他看了又看，最后挑中的不是蓝丝线，而是两束橙色的线。母亲很高兴，夸奖他有眼力。檀香木的针线盒怎么会那么大呢？里头一层又一层，数不清的格子，除了放缝纫用具，还放了些别的，比如手表的零件啦，老花镜的镜片啦之类。小潮担心丝线受潮变色，就将它们一层层拿出来透透气，拿到下面，他的指头触到了一点硬东西，拨开一看，原来是一只蝎子的尸体。蝎子仰面躺着，在金光闪闪的丝线里头显得异常美丽，小潮都看呆了。于是他将拿出来的丝线重又放回原处，盖上盒子。他发出一声叹息，感到似乎捕捉到了母亲生前的某个隐秘的念头。

母亲房里的窗户只开了一道缝，可是帘子在动，风儿要涌进来。小潮将窗户关死了，还是听见风在门外怒叫。母亲的木板床那么窄小，睡在上面就同睡在棺材里头差不多。从箱笼里拿出的被褥微微地散发出香气，就好像母亲还活着，天天打理过它们一样。天还没亮，小潮估计四舅还在屋里，他会不会站在门外呢？他在沉入睡乡之际又一次感到：母亲是多么富于奇思异想啊！

小潮问冥姨，原先院子里是不是有一口废弃不用的古井？冥姨说有的，那口井好多年以前就被乞丐填死了。

“他的模样阴森可怕，你父母都不敢惹他。他用平板车从外面运来渣土，整整干了一星期才将古井填死。井面也被他敲掉了，盖上了土。你父母躲在窗子背后偷看他的一举一动。”

“井的位置在什么地方呢？”小潮问道。

“原先是在西边院墙那里，可是你父母生前挖掘过一次，发现连井的痕迹都消失了。世上有些事就是这样的。”

冥姨喘着气，手扶着桌边撑起庞大的身躯，说要带小潮去院里看一看。

他俩一块走到西边的院墙下，那里长着一丛一丛的青蒿，差不多有一人高。

“有人认识那乞丐吗？”

“你母亲说，他是你四舅在外头结交的朋友。他填土的时候，你四舅还帮他的忙呢。我总觉得你四舅后来落井的事同这个乞丐有关。”

冥姨说完这些话，忽然变得十分忧伤，她一边呻吟着一边就在青蒿丛里坐下了。阳光照在她身上，她脸色很不好。小潮暗想，她对多年前的事记得这么清楚啊。她对他做了个手势，说：“你也坐下。”小潮便挨着她坐下。

“你看太阳。”她命令道。

小潮看了一眼，连忙闭上眼。

“你再看！年轻人要吃点苦。”

小潮看见一个黑色的圆，他快要流出眼泪来了。眼睛朝着太阳时，小潮感到自己在解体，他不再是一个了，他成了三个。一个坐在这里的青蒿上，一个在屋子里面游荡，还有一个站在大门口，拿不定主意要不要到大街上去。

“小潮！”冥姨霸道地喊道。

“哎！”三个地方的小潮一齐回答，弄得满院子都是他的声音。

当他将目光从太阳那里收回来时，三个又变成了一个，还是坐在青蒿上面。

“你走神了啊。”冥姨假笑着说，“你对我说老实话，家里好不好？”

“好。”他机械地回答。

“这就对了嘛，这就对了，不枉你父母一番苦心了。我嘛，也要退休了。”

“退休？”

“我是指不到你这里来了。你父母随随便便就把你委托给我，天下哪有这样做父母的啊，谁又担得起这个责任啊。好在……”

小潮觉得冥姨的懊恼是装出来的，她一直在暗笑。她是多么地眷恋小潮的家啊，几乎隔一天就要来一次。她当然不完全是为了他，她妹妹荷姨也不是，她俩都喜欢这栋空屋里的氛围，她们是爱装神弄鬼的人。那么，自己屋里到底有些什么呢？为什么活人和幽灵都喜欢到这里来呢？小潮将这个问题问出声来了。冥姨站起身回答说：

“你自己想想看。什么都有，对吗？你一定也想过远走高飞吧，不要乱想，多看看太阳心就静了。这里有多么好，我做面包时，听得到你院子里的夜莺叫呢，那些影子提着灯笼在剑兰之间穿梭。在城里，这里是唯一的幽静地方了。”

她走了好一会，小潮还闻到她身上的面包味儿。她是一个充满了生活气息的女人，每次她一进屋，就将面包坊的人间气息带到了这里，小潮很感激她。

他坚持给乌龟的瓦罐换水，却再没见到它。它显然回来过,那都是他在屋里睡着了的时候。他不在院子里睡，它就不陪他了，它是通灵的动物。

小潮想，他家虽然有张大门，其实等于没有，谁都进得来。就因为这，冥姨才说他家什么都有吧。看来父母在世时就是这样了，也许还可以追溯到更远更远。

石桌

我永远记得深夜的花园里的那张石桌。

我小的时候喜欢玩一种“登高”的游戏。在没有月光的夜里，我和二妹三妹从屋里溜出来，来到后面那个荒芜的花园里。周围伸手不见五指，但我们三个人都看得见那张石桌散发出来的微弱的荧光。我们一般是这样做：我弯下腰，像狗一样双手撑在石桌上，二妹骑在我的背上，三妹则设法骑上二妹的肩膀。当我在底下问“够着了吗”的时候，三妹尖细的嗓音就从遥远的隧道里传来：“够着了啊。”这个游戏，我们做过许多许多次，我的手臂因此变得十分健壮。

给我们带来奇迹的石桌是一张圆桌，质地为花岗岩，这个大东西据说是爹爹置下的。爹爹死了以后，花园便荒废了，也没人再搭理这张桌子。大哥和二哥整天早出晚归，辛苦得很，妈妈则推着小车在胡同里贩卖一种叫“三步倒”的鼠药。学校放假时，我们百无聊赖地被留在家中糊那些永远糊不完的火柴盒。

那一天的下午，吓人的暴风雨使我们整个地区变得像深夜一样，一个浑身泥水的人闯进了我们家的厨房，他一进来就倒在地上。

“你父亲派我来的，他要你关照花园里那张石桌。”他将左眼睁开一半，说道。

我从窗口望出去，看见那张桌子在黑暗中发出荧光。

后来我才知道，这张桌子一直在发光，而我们不知道。那一回，我深深地不安了。莫非爹爹死不瞑目？这是什么样的花岗岩呢？

雨停了那人才走。我看见院子里涨水了，那人的雨靴溅起老高的水花。二妹突然说：

“他就是爹爹啊，你怎么没看出来？”

二妹的奇思异想使得我也激动起来。当天夜里，我们三人就在漆黑中摸到了园子里。

一开始，我们还看不见石桌，只听到母亲和哥哥们在房里低声说话。那些声音越来越变得像梦话，还有些威胁的意味，我们三个人听了都簌簌发抖。后来我们就看到了石桌的轮廓线，那种灰蓝色的光静静的，那么柔和，那么美。我们三个人围着桌子坐下来，将上半身好奇地伏在还有些潮湿的桌面上。半空里有夜鸟扇翅的声音。再看我们家里，唯一的一盏灯已经黑了，房间里一片死寂。

“我看见了！”三妹激动地小声说。

我问她看见了什么。

“是我的手，发光了！”

二妹也说她的胸口在发热、发光。

可是我却什么也没看见，只除了那张桌子。我想，可能是我体内阴气太重。也可能我离父亲太近，要不白天那人为什么只对我说话呢？离得太近就看不见一些变化——我的经验告诉我。

那天我们待到黎明前才回屋里去。再后来二妹和三妹就告诉我她们看见了阶梯，阶梯就在石桌的上方。我和二妹都很害怕，但三妹突然说她要去够那阶梯，她真是有股初生牛犊不怕虎的劲头。

我们的第一次尝试失败了，因为妈妈醒来了，在窗口那里咳嗽，后来三妹就摔到了草地上。然而我想，是不是因为我自己手臂无力，过于紧张而晃动得厉害，招致了失败呢？那一天我沉默寡言，坐在水塘边看那些蚊子，感觉到体内的生命已经被冻结了似的。三妹像猫一样钻过来了，她用尖利的指甲抓了抓我的手臂，我叫出声来。

“姐姐，夜里是我自己摔下来的，因为我看见了不该看见的东西。”她说。

“那是什么呢？”

“我不知道。我快要够着那里了，可是那个东西出现了。”

“这么说，你没有听见妈妈咳嗽？”

“妈妈？没有。那个时候我什么声音都听不见，因为它下来了，我看见像黑袍的东西，很大很大，我被罩住了。”

我想，这一切多么神奇啊。我看不见一些事，但二妹和三妹可以告诉我她们所看见的，这不是很好吗？我也看不见父亲的幽灵，二妹却看见了，并且告诉了我啊。毕竟，父亲是首先将信息传达给我的嘛。这样一想，我就不再自责了，因为我们这么年轻，机会还多得很。

后来我们就不断地尝试下去了，每次都有收获。三妹津津乐道地向我们讲述她在她的手抓住空中的阶梯的那一瞬间所看到的东西，她语无伦次，但总提到一些我们幼时的游戏和玩具的名称：“稻草人”啦，“工兵和强盗”啦，“攻城”啦，等等。有一天，她在述说这一切时突然半张着口发不出声了，我和二妹焦急地望着她。

“他啊……”她终于说出声来。

“谁？”我和二妹一齐问。

“没有谁。”她变得愁眉苦脸。

“可是你说‘他’！”我很不高兴地说。

“我随便乱说的。”

她那稚气的脸像被霜打的菜叶，我从她口里再也问不出什么来了。

但是我不愿意罢休。我将我心爱的铁珠的算盘送给三妹，她高兴得又唱又跳的。我教她在算盘上算除法，她惊奇地瞪大了两只眼，学得很快。

“三妹，‘他’不是一个人，是一匹布，对吗？”我冷不防问她道。

“你怎么知道的？他真的是一匹布吗？他很凶，又那么柔软，我都快腾空了，啊！”

我的计划落了空，她不再向我透露什么了。她坐在窗子下面拨算盘，口里念念有词，不过她念的不是口诀，是一些我听不懂的词。我记起她曾说过，她看见了不该看见的东西，那么，“他”一定是不堪回首的东西。我又聋又瞎，我只能通过妹妹们接受从那个地方发来的信息。我，必须要有耐心。

妈妈在胡同口那里朝我招手。

我走过去帮她推三轮车。今天生意不错。

“老林家成了鼠窝了，说是因为小东西们吃了我的鼠药呢。”

妈妈的口气有点炫耀，又有点困惑。老林是住在贫民窟里的富人，他就是爱住那种地方，而且偏爱杀老鼠。妈妈的鼠药并不是像广告上吹的“三步倒”，而是很温和的那种。据说老林只买温和的鼠药,这一来老鼠越杀越多。我们走到拐角处就看见了那栋灰色的大屋，老林身穿一件有很多窟窿的睡袍站在那里看天。

“啊，小云今天没去上学啊。”他说的是我。

“学校今天放假。”妈妈说，“老林，今天老鼠的情况什么样？”

“都缩进去了。现在，我在明处，它们在暗处了。我真害怕，会不会发动突然袭击？”

老林机警地竖起耳朵倾听屋内的声音，他的两只大手攥成拳头。

我们走出了好远，妈妈还在说老林的事。听起来，她好像对自己卖老鼠药这个职业产生了怀疑，她一再地问我说：“我成了罪魁祸首吗？”这时我们听到了惨叫，是老林发出来的，我惊骇地站住了。

“那是人鼠大战。我们帮不了他的。”

妈妈推着车要我快走,她的脸色很不好看。快到家时，她突然说：

“小云，你们夜里搞的那些活动同老鼠有什么关系，你注意到了吗？”

我没来得及回答，因为大哥骑在自行车上冲过来了，他连人带车重重地摔在地上，满脸都是血。难道有人在追击他吗？我朝空空荡荡的胡同里看了又看，一个人也没有。血是从他的鼻孔里流出的，他失去知觉了。妈妈站在那里端详了他一会儿，放好三轮车，不管不顾地进屋去了。

“大哥！大哥！”我摇晃着他。

他将左眼睁开了一半。我吓得跳了起来。这是怎么回事？他变成那个人了，就是雨天里来的那个人，当时二妹说他是爹爹。他慢慢坐了起来，又变回了我的大哥。

“有人追你吗？”

“有人追我，很多人。”他点了点头，用袖子去擦脸上的血。

“你认识雨天里到我们家来的那个人吗？”我忍不住问他了。

“你是说老王吧，当然认识，他总在这附近转悠。妈妈生我的气了吗？”

他站起来，神情紧张地摆弄摔坏的车子。

“妈妈生我的气了吗？”

他又问我。他的鼻孔还在流血，嘴唇肿了起来。

“不会吧。”我说，“妈妈在想那些老鼠的事呢。”

二妹站在窗口那里看我们，她显得很激动。我跑进屋，随她到了后花园。

是深秋了，园子里一派凋零景象。我记起我好久没来这石桌上了。因为三妹到姨妈家学绣花去了，她一走，二妹就变得懒心懒意了。就在昨天下午，我听见二妹在卧房里同一名男子语气急切地说话，但后来，我始终没看到那个男的出来，也许他跳窗出去了。后来二妹告诉我说，那人邀她“私奔”。我感到很震惊，二妹才十四岁，居然就有男人来邀她私奔了。

“我要想一想，”她皱着眉头说，“也许三妹明天就回来了？”

“她要是回来，我们仨又玩‘上天堂’的游戏，如果这样你不私奔了吧？”

“嗯。”

她爬上那张石桌，仰身躺在上面。她的样子忧郁到极点。

下小雨了，我听见半人深的枯草发出“唑唑”的声音，东边有脚步声传来。东边的脚步像一个男人发出的，会不会是要“私奔”的那个人呢?

“二妹，二妹，你在哭吗？”我轻声说。

但她一声不吭。她的头发开始滴水了。而我，真奇怪，我站的地方居然没有雨，我周围的干地画出一个大的圆圈。这时她侧身而卧了，她的眼神十分模糊。

她在石桌上一直待到雨停，这才全身湿漉漉地爬下来，到屋里去换衣服。

夜里我同她在各自的床上翻来覆去，后来我们就一齐到窗口去看。我们看见石桌上有一轮一轮的光圈，地上也有一些闪光点在移动。

“那是些老鼠。”二妹说。她是指那些移动的闪光点。

“老鼠想上桌吧？”

“是啊。”她叹了口气，颓然往椅子里坐下去，“它们绕桌子跑啊跑的，跑到累死为止。我坐在这里想这件事，我觉得老鼠们将我带进了死胡同。”

我想，妈妈为什么一定要从事卖鼠药这件工作呢？大概就是她那些假“三步倒”，使得我们地区的鼠祸猖獗。我看见有个模糊的人影立在石桌的那边，但我还不能断定那是一个人。我揉了揉眼又看。这时二妹开口了：

“姐姐，你不要看了，那就是他，夜夜都在那里的。”

“谁啊？”

“三妹说的那个人，那时她不愿意告诉你。她去学绣花，就是想把那个人的样子绣出来。前天我看到她将自己的每根指头都扎出血，滴到绷子上头。”

“你去她那里了？”

“我偷着去的。姨妈把她关在绣房里，不让任何人同她见面，我隔着玻璃看她，她不知道。姨妈放了一只猴子放在绣房里监视她。嘘，别出声，他动起来了。”

可是我感觉到是我脚下的地在摇晃，我自己在摇晃。我在摇晃中看见对面的黑影越来越庞大，夜空看不见了，四周漆黑，二妹也消失在漆黑之中。我站立不稳，往地上坐去，但我并没有坐在地板上，我好像坐在空气里头了，因为我仍然不停地摇晃。

“你看，她进屋了。”二妹在遥远的地方说话。

空中出现一些微弱的光点，不凝神去看简直就看不见。慢慢地，那些点连成了一个大的圆圈。“那是老鼠嘛。”二妹又说，“你屈一屈腿就行了。”

我屈了屈腿，啪的一声掉在地上，接着就听到她在哭。

天开始亮了，花园里什么都没有，花岗岩的桌子被雨淋成了深色，令人想起墓穴。她哭，是因为花园里什么也没有；而夜里的时候，“他”在那里。她是躺在床上哭，被子蒙着她的头，两只赤裸的胳膊伸在被子外头。

他们派我到姨妈家去看望三妹。这个姨妈，我从未听说过，后来妈妈有一天突然说起她，随即就将三妹打发到她那里去了。“小云，你不要走丢了。”大哥交给我船票的时候严肃地说道。我出发之前他们全躲着我，家里一个人影都没有。莫非有见不得人的隐私？抑或是三妹在那边出了问题？

湖很大，轮船在湖里弯弯绕绕地行进着。整个舱里的人都在吸烟，我怀疑他们吸的是大麻。这些穿白麻布衫的人，神情怪怪的。

“你呀。”中年汉子说。

他总说这种半句话，对面的女人，似乎是他的女人，眼睁睁地看着他，在等他的下文。当然没有下文。然后两个人的脸都淹没在烟雾中了。

有一刻，船沿着岸边行驶的时候，好像突然要搁浅了一样猛地撞在什么上面。舱里的人都倒下去，他们情绪激动。一个戴鸭舌帽的人从机房里走出来，满脸懊丧，口中大声说着：“见鬼，见鬼！”一路穿过人群，走到船尾去了。船真的停下了，但并没有停在岸边，我们离岸还有一百多米远。舱里的人纷纷脱了衣服往水里跳，这些人都会游泳，他们像一群鱼一样往岸上游去。难道这条船要爆炸了吗？空空的舱里头只有一个老太婆，这个衣衫不整的老太婆坐在机房的门边，对周围发生的事无动于衷，她居然在绣花。她手里拿着一个很小的绷子，绷子上面绣出的图案有点像人脸又有点像狐狸脸。

“您的眼力真好啊！”我对她说。

她朝我抬起脸来，这时我才发现她是一个盲人，她的眼眶里是两个旧式的瓷眼球。

“船长到哪里去了呢？”我问。

“这里没有船长。”她摇着头说，“为什么你不跳下去呢？你要是跳下去，说不定这会儿都到家了。啊，我知道了，你不会游泳。你考虑得太多了。”

“这些人的家都在这个荒岛上吗？”

“荒岛？你太小看这里了。你可要看仔细！”

她很生气。为了转移话题，我问她是不是认识一个叫余三妹的小姑娘。

“她就住在这个岛上。”她指了指那边，“你不游过去，怎么见得到她？”

“您是我的姨妈吧？”我鼓起勇气说。

她不回答，低下头去绣那张脸——现在是一张狮子的脸了。

我看见他们全都上岸了，湿淋淋的在岛上各自散去。我不会游泳，怎么办？再说天已经要黑了，岛上显得很阴森。这个老女人（我的姨妈？）她是怎样刺绣的呢？她如此的镇静，莫非打算在船上过夜？她突然抬起头，要我到机房里看一看。

我打开机房的小门，在黑暗中看见了地上那些移动的闪光点。有什么小动物擦着我的脸颊在空中飞。“老鼠啊。”我说。轮船早就熄火了，机房里静静的。奇怪的是这里头一点儿机油柴油的味道都没有，反而弥漫着动物皮毛的气味，像一个兽穴。老女人在外面“咯咯”地笑着，她问我看见了站在角落里的那个人没有。我看见了，那是比黑暗更黑的一长条影子。

“是你把他带来的。”她说，“你看怎么办，机械师已经跳水了。你上船时，我就听到了他的脚步，他紧随着你。然后这里头就改变了——所有的机器马上熄了火，机械师也跑了。这些小老鼠同我们家里的不一样，它们身上发出冷光。”

“姨妈！您是我姨妈吧？”

“是又怎么样，不是又怎么样，这种地方的人六亲不认。”她声音苍老而硬朗。

我的眼前出现了三妹的画面，她坐在阴暗的绣房里，不仔细看那里头就像没人一样。我听二妹说过绷子上有她绣下的图案，可那图案看不见，要用手摸才感觉得出来。二妹还告诉我说她的绣房里也有一个黑影。而那只猴子，经常将她的绣片咬烂。

河里起了小小的浪花，大概起风了。姨妈坐在那里一动不动，船舱里空荡荡的，有点吓人。我听见姨妈在唱摇篮曲，她的声音随着船身的起伏时高时低。机械师突然出现在船舱里，因为他端着一盏油灯，所以我才看清了是他。他用手护着油灯的罩子，免得被风吹灭。他小心翼翼地移动，也许他怕踩着了脚下那些老鼠。这时我又看见船舱里到处跑着发光的老鼠，每一只鼠的发光部分都是在尾巴上。他在离姨妈四五米远的地方停住了脚步，将油灯放低一点，似乎想看清老女人的面貌。姨妈对他的举动毫无反应，大概因为她没有眼睛吧。我观察得累起来，就出了机房，靠木板壁坐了下来。我想，这两个人到底在演什么哑剧呢？一个大浪打来，船身猛一倾斜，机械师坐到了地板上，手中的油灯也熄灭了。现在谁也看不见谁了。

“机械师！”姨妈唤道。

“我在这里呢，在您的脚边。”他柔声回答，像回答母亲的问话一般。

“这就好了。”姨妈说，“小云总算没白来，你说是吗？”

“对，这里多安静啊。”

有人从湖里攀着船边爬上来了，不止一个人，我感觉到他们都湿淋淋地站在那里发抖，大口喘气。他们会不会是和我同船来到这里的旅客呢？为什么又回来呢？岛上出事了吗？每当爬进来一个人，机械师就惊讶地“啊”一声。他们当中有一些人在轻轻地询问：“开船吗？开船吗？”这时机械师大声说：

“我要开船的，但不是开回去，而是把你们再运到岛上去。”

于是他们全都沉默不语了。只有姨妈独自发出咯咯的笑声。被人们围着，她也许感到很高兴。可是这些从湖里攀爬上来的人心情多么沮丧啊，他们身上散发着湖水的腥气，一些人开始吐，像要把肚里的胆汁都吐出来。刚才这一段时间里发生了什么呢？我明明看见他们上了岸，为什么又游回来呢？我想象着三妹在岛上走投无路的样子，焦虑从心里油然升起。那时我们在后花园里的石桌上玩那个游戏时，她是多么想上天啊！她说她触到了天上降下的梯子。然而当母亲不由分说地将她送往姨妈家里去时，她就乖乖地去了。也许，她从母亲对她说的话里头听出了她今后的前途吧。三妹年纪虽小，却比我要头脑复杂得多呢。她五岁那一年就对我说过“老鼠是好朋友”这种话，我还记得她说这句话时眼里满是憧憬的那种样子。

我身边的男子一边呻吟一边说：

“他要把我们都、都送回去……我们完了。”

这时姨妈过来拉了拉我的手，说：

“你同你妈妈真是一种性情啊。”

她的语气里头有种惋惜，她是嫌弃我，怪我太迟钝吗？

我的右边，一个女的一边用手绞干长头发里头的水，一边悄悄地说起话来。

“所有的门全是关着的，不论谁家你都进不去啊。有人愿意露宿在草地上……我啊，我愿意在月光下赶路，因为那里不是久留之地。”

她是对她女儿说话,那女孩就用一个字来回答她妈妈:“啊?”“哦。”“哈!”等等。

突然,我发现满舱的人都在说话,他们好像从先前的惊吓和寒冷中缓过劲来了。渐渐地,他们说话的底气越来越足,声音也越来越高。姨妈对这种情形很满意,她不断地扯我的衣角,兴奋地说:“你听!你听见了吧?”

我的确听见了,那些说话的人都在策划下一步的行动。下一步会有什么行动?机械师不是说了要将他们全送回岛上吗?显然那不是他们所愿意的。

机房里发出吼声,船缓缓靠岸了。机械师真是说到做到啊。然而他走出机房,向人们大声诉说起来。他说他本不想做这种缺德事,他也不愿将人们往虎口送,再说他自己又能从中得到什么好处呢?无非死路一条。他家里还有八十岁的老母亲,他如果死了,老母亲也只有死。他说到后来声泪俱下,在地上打起滚来。人们让出一块空地板,让他滚过来滚过去,他们照旧说他们的,就好像机械师的表演不关他们的事一样。这时天已经亮了,我惊奇地发现,舱里的这些人全是些新面孔,不是和我同船来的那些人。那么,那些人到哪里去了呢?这些人又是怎么回事?机械师从地上起来了,他委屈地对姨妈说:“他们为什么不理我?”然后他过去打开门,吆喝着要大家上岸。

除了我和姨妈以外，舱里的人都没上岸。他们说："要看一看。"

"姨妈，这些人怎么啦？"

"他们吓坏了。小云，你不要拉着我，我自己找得到路。"

她那瘦小的身子突然变得精神抖擞，她简直是在往前冲。我们走的是一条烂泥路，溜溜滑滑的，我摔了一跤，弄得十分狼狈，但姨妈身板挺得笔直，稳稳当当地走着。

烂泥路终于走完了，那些东倒西歪的木板房出现了。姨妈熟门熟路地在一块石头上坐下。

"小云，你过来。"她仰着脸，将两只一动不动的瓷眼珠对着我。

我听到轮船鸣了一声汽笛，然后就开走了。姨妈脸上掠过一丝不安。

"这里有人住吗？"我问姨妈。

"没有。"她说。

"那么三妹，她……"

"三妹坐刚才的船回去了，因为你来了嘛。"

她兴奋起来，站起身挥着手说：

"你看，你看，这么一大片地方，全是我家里的，哈哈！"

我感到她在掩饰着什么，是什么呢？

我进入了这个荒岛。啊，接下来的事我无法说清！

这个我看作我的姨妈的老女人一回到她的破木板屋里就变得瞌睡沉沉了。她撇下我不管，自己爬上那张旧铁架子床，盖上落满灰尘的被子，倒头就睡。但她没睡着，她的眼睛瞪着没有天花板的屋梁——虽然那是瓷眼珠，我也知道她醒着。

有人在隔壁呼救，是一个小男孩，他似乎被什么东西卡住了脖子。刚才我进来的时候，看见隔壁的那间屋好像是一个牛栏，但是里头却没有牛。姨妈不同我说话，也许她希望我离开吧。

我走到隔壁，整个大房子里头空空的，地上铺着草，中间是一排木栏。我绕房间踱了一圈，没听到任何动静。看来那男孩不在这间房里，我正要出去，那呼救声又响起来了，他喊的是："妈妈呀妈妈，我活不成了！"声音从屋梁上传下来。原来屋梁上用绳子挂着一个大桶，那小孩就在桶里。他每喊一次，那桶就晃荡得厉害，污坏的木梁像要断裂一样。我注意到屋角有个梯子，就走过去将它搬到木桶旁边支好。我登上梯子，满心焦虑地对那小孩说："别喊了，我来救你了。"

小男孩沉默了一会，问道：

"你是谁？"

“我是隔壁人家的亲戚，来救你的。”

他口里突然冒出一连串的脏话，称我为不吉利的“扫把星”，多管闲事。

我爬到梯子尽头，看清了这个小孩。这是个奇异的孩子，他全身没穿衣服，身体就像婴儿一样软弱，可是他的头颅硕大，额头上有皱纹，表情像个小老头，很诡异。我不好意思盯着他看，就将脸转向一边。没想到他倒询问起我来了。

“你是来找那个女孩的吗？”

“你见过她了吗？她是我妹妹！”我连忙说。

“她死了。绳子一断，木桶倒扣下来，她的脑袋就被切碎了。你滚开！”

他用力摇晃着桶子朝我这边撞过来，我连忙爬下楼梯。这时一头老牛进了屋，若无其事地走到木栏里边吃起草来。老牛一进屋，那孩子就变得无声无息了，从下面看去，那桶里就像没人一样。我回到姨妈家里。

“啊，我缓过来了。”姨妈用这句话迎接我。

“我要找三妹。”

“我告诉过你她回去了，你忘了吗？”

“有人说她在这里。”

“是放牛娃说的吗？那小家伙要寻死，就以为别人也和他一样。不要听他瞎说。我告诉你，这里除了我，没人愿意久留的。所以我就成了女王了，你懂吗？女王！”

她激动地从床上坐起来，说有人在屋里同她捣乱。

就是在这个时候我看见了那家伙——隔壁牛栏里那条老牛。它怎么进屋来了呢？然而“它”又不是牛，却好像是我从前见过的那个可以不断长大的黑影。屋里太暗，我看不清。

那浓黑的一条立在门后，正渐渐地膨胀起来。姨妈侧耳倾听。

我低头看地上，发现这里也有老鼠。不知出于什么冲动，我蹲下去抓住了一只发光的小东西。它吱的叫了一声，咬了我一口。当我抓住老鼠时，那黑影就开始收缩，最后缩成了老牛的轮廓。它缓缓地走出了门。

“你放了它。”姨妈说，她在沉思。

我扔掉手中的老鼠。

“你真机灵。你见过这种老鼠？”

“我们后花园里有好多。”

“我倒忘了，你妈妈是卖鼠药的嘛！”

她笑起来，笑得令人胆寒。我抬头打量这间房子，总觉得屋里的空荡是伪装的，一不留神就会有可怕的东西出其不意地钻出来。姨妈下了床，走到门口，然后回过头来对我说：

“乡村的早上空气多么好啊。这里先前是一个很大的村子，你相信吗？”

她在门槛上坐下来，进入一种忧郁的冥思之中，口里喃喃自语。

在门外，疯长的灌木后面，那头老牛在吃草，它显得超然而难以捉摸。也许它在守护破木板房里头的老女人？我记起了隔壁的放牛娃，这个男孩是怎么回事呢？他是不可能自己将自己放进那半空中的桶里去的，谁设计了这个游戏？此时隔壁完全没有响动，也许他在桶中入梦了。我不相信他说的关于三妹的话，我觉得她应该在这一排木板房当中的一间里头。我一回想起她很小的时候吃下自己的指头的事，就觉得她怎么也死不了。那一回，她用家里的一把匕首去削铅笔，结果将无名指的指肚削掉一半。她弯腰捡起那点血糊糊的东西，我还没看清她就塞到嘴里去了。

这里的风景处处显得凶险，就说门口的这只打谷的扮桶吧，里头的白蚁居然有螳螂那么大，不知道是什么样的怪异品种。还有这些榆树的树干，怎么看也像人的躯干，树底下的灌木丛里头则有金环蛇窜动。这个瞎眼老太婆，她真是我的姨妈吗？她是如何流落到这个岛上来的？当年这个岛上又是怎样的景象呢？她又是如何在这个地方生活下去的呢？吃的和穿的、用的从哪里来？这真是些令人头晕的问题啊。

我离开姨妈，往村头走去。天气晴朗，但有雾，地上总有老鼠伴随我。这时我才明白了这些小东西的作用——它们让人心安。我打开每一间木板房的门，朝里头窥探。发霉的潮气迎面冲来，屋里都没人。也许先前住过人，现在已经离开了。有一间屋的屋梁上盘着巨蟒，那家伙睡着了，它根本不在乎我弄出的响动，它太大了，梁都被它压弯了。三妹会在什么地方呢？妈妈为什么将她而不是将我送到这里来呢？我脑子里又在提问了，我一提问脑子就乱，所以我要抑制自己。

我万万没想到我会与巨蟒同居一屋，原因很简单：只有这间房里有一张床，床上铺着新鲜的干草，而我已经累得无法挪动了。我一躺下就睡着了。后来我想醒过来，眼皮却睁不开，我感到那巨蟒的身子从梁上垂下来，它正在舔我，一下一下地，像鸡毛掸子从脸上扫过，很舒服。就在这关头，三妹的声音响起来了。

“姐姐，没想到那个人形的家伙是一条大蟒。我攀上去了……”

她是说她攀上了梯子还是攀上了屋梁？我焦急地想紧握拳头，给自己太阳穴上一击，好尽快醒过来。可是我的手完全无力，我握不成拳。

“叫她不要做的事，她总是做得最好。”这回是姨妈进来了。

“姨妈，你听到了什么响动吗？”我坐起来问她。

“当然啦。小云啊，我告诉你，这里隔一阵就有翻天覆地的混战发生呢。”

我抬头看梁上，看见那里空空的。姨妈知道我在找什么，她又说：

“你不饿吧？到这里来的人都不饿。”

我倒忘了，我真的没有饥饿的感觉。我害怕起来，因为一个人不知饥饿并不是一件好事。门被什么东西抵开了，又是那只老牛。这回它不进来，也不出去，就堵在门口。

“它呀，它率领千军万马。”姨妈笑着指了指门，她好像什么全看得见，“你以为它是一条，其实它是一万条。多么可喜的事啊。”

我走过去抚摸老牛的头部，老牛的眼里就流出泪来了。

“姨妈，它很苦，是吗？”

“是啊，它成了野牛了嘛。小乌拉一心寻死，你有什么办法呢？我是说放牛娃，你见过他了的，他很不一般。”

姨妈话音一落，隔壁房里就发出轰隆的巨响，我知道是那木桶掉下来了。老牛还是堵在门口，它的眼泪流淌不止。看来，它不愿让我去隔壁。我将耳朵贴着它的肚子，听见里头响起滚滚的车轮声，有炮声，有无数条牛在狂叫。

“我早说了它是一万条嘛。”姨妈在嘀咕。

我爬到牛的背上，越过它到了门外，我要去看小乌拉。

他趴在那里，大桶的边缘砸在他的后脑勺上，他晕过去了。我想挪开桶子，他却说话了，口齿清楚。

“你干吗？你怎么老是来搅乱我的事？”

我愣住了，松开手，心里想：这是怎样一个男孩呢？在他的后脑勺那里有一条血肉模糊的切口，他的上半身露在桶外，现在正渗出黏液来，这使他看起来像两栖动物。我摸了摸他那短小萎缩的双臂，那上头的皮肤溜溜滑滑的。

“你这个该死的。”他咬牙切齿地诅咒我，他的一边脸贴着地。

我又摸了摸他的头，那些头发纷纷落地，青色的头皮上也渗出黏液。他用力抬起脑袋，要来咬我的手。由于身子被桶压着动不了，所以他的脑袋抬起了几下就没劲了，脸部颓然扑在泥地上。

我走出牛栏来到外面，那一排黑色破败的木板房在我眼前展开，我记起了刚发生的怪事。难道这里的每一间房都是姨妈的家，并且只要你待在里头，你隔壁就住着那个放牛娃和那头老牛？我放眼望去，看见姨妈正在和老牛对峙，但她和它之间并没有敌意，毋宁说，他俩都在对方身上寻找自己盼望已久的东西。姨妈仰着脸，鼻孔朝天用力嗅着空气，她显然嗅到了那个东西的气味。老牛呢，它躁动着，叫了一声，有点催促的意思，也许是催她把那个东西拿出来。姨妈的脸渐渐涨红了，表情变得有点狂乱，仿佛憋着一口气要干什么，又仿佛因为孤立无援而拿不定主意。后来她忽然叫我了。

“小云！小云！”

“什么事，姨妈？”

“你听到了吗？很久以前的事又发生了！”

天空一下子变得阴沉沉的，我站在那里侧耳细听。我听到了某个夜晚的雨声：两三滴，四五滴，十几滴……然后连成稀稀拉拉的一片。啊，那不是雨，是小老鼠们的脚步，它们多么焦虑啊！我看见了从半空降下的黑影，耳边响起一个执拗的声音：“要？不要！要？不要！要……”

我仍然呆立在原地，但渐渐失去了知觉。

好多年来，每当我同三妹独处之际，总免不了重提那个石桌的游戏。但我们从未提到姨妈和荒岛。我不能确定三妹是否有过那种经历，她那么活泼、开朗。她继承了母亲卖鼠药的职业，推着三轮车走街串巷。

母亲面对我和三妹时总是暗笑，也许她很高兴自己选对了接班人。有一天，也是下暴雨，一个湿淋淋的疯老头闯进厨房，大哥用绳子将他捆起来了。当大哥押解他出去时，他朝我一瞥，我便看到了熟悉的眼神。“父亲啊父亲。”我在心里说，随即听到老鼠一只接一只跳上石桌的声音。

“外面真黑。”大哥回转身来对我说道。

雪罗汉

那时我还没有思想。午后下了一场大雪，我还隐藏在一尺深的雪花里头。我的右边有一栋土砖房，里头住着一家外地人。雪停后，小女孩从屋里走出来。她穿着套鞋，拿着一把铲，她的脸上有许多雀斑，大约十二岁。

天空变得昏暗起来时，我已经有了腿和一半身躯。小姑娘（她叫林小丫）扔下铲子和冰刀,回屋里吃饭去了。过了一会儿，我周围那些小屋的窗前都亮起了油灯，显得暖洋洋的。唯独林小丫家的窗户还是黑的，林小丫从黑黑的窗口伸出她小小的头，对着我大喊:“喂!”她的声音传到我的半截身子上，便有奇异的波涛从我脚底往上升。我感到酥麻，感到有激流在我腹腔里回旋。

我的情绪在夜里时而高涨时而低落。低落的时候，我就感到自己瓦解了，重又回到了我脚下的那些雪花当中。我们有很多很多成员挤在一起，由于从那些小屋里传过来的地热，我们中的很多成员在白天失去了晶体形状，夜里温度再次下降，它们就成了板结的冰层。当它们失去形状时，我听到了它们那细小的哭声。多么凄惨的哭声，原先它们是花，后来却在无奈中融化了。当那只小黄狗向着我狂吠时，我的情绪就开始高涨，我的腿和我的半截身子都有了饱满的感觉，我甚至想象出了还不存在的大脑、脸，还有胸腔。不过这些想象都是一瞬间一瞬间的，当画面消失后，我就再也想不起来了。小黄狗叫累了就进屋去了，它是林小丫的小狗。我看见（我不能用眼睛看，我用身体看）林小丫家的窗户还是黑的，他们一家大概是性情阴沉的人吧。我这样想的时候，突然就觉得自己有了思想。我的思想是从脚跟那里升上来的。嘿，林小丫，你在那里干什么？又下雪了，你的冰刀要被雪埋住了！

林小丫听不见我的思想，所以她就没有再伸出头来对我说话。这是什么样的夜啊，天空阴惨惨的，我的同胞们悄无声息地落到地上，有一个黑影在空中绕圈子，难道是鹰？鹰的目标难道是我？我想继续我的思考，但我什么都想不出来，也许，同胞们的沉默在遏制我的思考。我有那么多的同胞，它们在这个死寂的夜里缓缓地落到地上。如果不是小屋里的油灯射出那些微弱的光，你简直就感觉不到我的同胞们从天而降的运动。那些已经坠地的弟兄陷入了永恒的沉默。因为林小丫的举动，我不再属于这些沉默的同胞了。当然，我也同下面那些板结层的同胞们一样，失去了晶体的形状，可我又和它们不同，我里面喧嚣得厉害，我清楚地感到自己有了新的形状——比如这细细的腿，比如这两只大脚。林小丫是那种有心事的小女孩，别人塑雪罗汉很少塑出两条腿和两只脚板，可她却将我塑成这种样子了。这一来，我感到自己重心不稳，一直在左啊右啊左啊右啊地晃动。不过习惯了倒也好，我大概是在通过晃动聚集力量吧。聚集力量干什么？我又想不下去了。那黑影朝我扎下来，还好，并没扎到我身上，只是那股旋风夹带的雪花落到了我未完成的腰部的平面上。它很快就飞得不见踪影了，它不是鹰，是一匹长长的黑布。我记得那些黑布，很久以前它们都被挂在树枝上。

黎明前一段时间最难熬。雪花将我的两只脚全部盖住了，这些沉默的同胞在固执地向我暗示着一件事，而我，忘记了那件事。当我用力回忆的时候，我就感觉不到自己的膝盖以下的部分了。我觉得自己没有脚了，这可真糟糕！更糟的是，我对自己大腿和腹部的感觉也是时有时无。我的腹部是满满实实的，但我一直感到这是一个真空的腹腔，我的感觉受记忆的影响。现在这个腹腔变得很微妙，我无法确定它到底是有还是没有，它有点类似于那匹黑布刮起的旋风。那么，我变成一股风了吗？

林小丫在黑屋里用很快的语速说话，她的语气有点凶，她在反驳什么人。我忐忑不安地想：她会完成她的工作吗？要知道我还缺半截身子呢。面对这栋黑黑的小屋，听着林小丫绝望的恶言恶语，我突然有点悲伤。这家不点灯的人家，对于林小丫有着什么样的压迫？是因为那压迫，小女孩才将我做出来了吗？我记得我是很久以前就存在了，但我没有形状。我一会儿是雨，一会儿是雪，一会儿是枯叶，一会儿是屋顶上的瓦片，一会儿又是锯木屑、沙粒或煤。当我是雪的时候，林小丫就让我成形了。昨天（现在东方有点发白了，可以说是昨天了）下午她拿着铲子和冰刀走出来的时候，我激动得要从地上跳起来了。我的某些部分真的跳了几跳，不知道她注意到了没有。后来她将我铲成一堆时，我也一直主动往那铲子上跳。

很快我就失去了原来的晶体形状，我被挤压，被拍紧了。林小丫将我塑成了现在这个样子，她随随便便地信手做这项工作。也许她在心里想：要有腿。于是我就有了腿和脚，我的腿和脚令我重心不稳，同别的雪罗汉很不相同。我忘了说，我的身躯特别大，现在才完成一半，就好像要将我的两条细腿压断了。唉，林小丫，意志顽强的小女孩，多么招人爱啊。

在她工作的时候我看见她的父亲出来过一次。那男人戴着一顶黑色的棉帽子，目光诡异。我感到这家伙眼里的寒光从我腿上扫过。

“小丫，你不要将他太当一回事啊！”男人吆喝了一声。

说起话来这么卑鄙直露的人我还从来没见过呢。林小丫连声答应着，似乎对她的父亲言听计从。林小丫是不是将我当一回事呢？关于这一点我不是很清楚。我记得每年雪地里都有很多人忙着塑罗汉，那些罗汉都没有腿，人们认为罗汉穿着袍子，就看不见腿了。可是林小丫，一上来就塑我的双腿，忙乎了半天，将我的腿削得那么细，还一刀一刀地割出两只赤脚来。当时我真害怕，我怕自己以后被上面的身躯压垮。她是为了让我压垮而将我塑成这种样子的吗？大风吹起来时，我的细腿发出“咯咯”的响声，它们可经受了考验。

此时周围那些小屋里的人都在熟睡，林小丫却站在门口了。她在看我，她显得细小无助。但我知道她只是看起来细小无助。她过来了，弯下腰，徒手从雪里头刨出铲子和冰刀。突然，在我还未来得及意识到的情况下，她举起铁铲摧垮了我。我还没能结成坚实的固体就碎掉了。她发狂地将我砸碎。这个瘦小的女孩居然有那么大的力量。她的父亲在黑洞洞的窗户那里隔着玻璃对她说：“小丫，你干得好啊！”

林小丫还在发狂，她在干什么？哈，她的动作如闪电般快，她又神速地将我塑出来了！我基本上还是原来那个样子：细细的腿，比以前更细，又大又重的身躯，很宽的肩膀，很粗的脖子。她没有塑我的头就拖着铲子进屋去了。

天大亮了，天还是有些阴沉，也许还要落雪吧。我想着落下的那些雪花。有一点是明确了，这就是我不会在它们当中了。我成了无头的雪罗汉。我右边的小屋里有人在睡梦中哭泣，不知怎么，我觉得他（她）是为我而伤心，因为我没有脑袋，因为林小丫不打算为我塑一个脑袋了。又一阵旋风吹来，我的新腿抖得厉害，然而我终究站住了。这给我一种感觉，我觉得自己无论在什么样的暴风中都可以站稳。当我感觉到这一点时，我一下子变得豁然开朗了。嘿，有脚是多么好，脚以微妙的方式同大地相连，于是身体就更像身体了，对吗？哭声更响了，因为旁边那些小屋里也有人在哭。我很想对他们说，没有什么值得伤心的，可是我没有嘴，当然就说不出话来。于是我就愤怒了。

当我愤怒的时候，我的胸腔（我固执地认为那里头也是空的）和我的腹腔里面就像有什么东西要出来一样。

那是什么呢？也许小屋里头的人知道。

林小丫和她父亲出来了，两人都戴着棉帽，将双手插在棉衣口袋里。难道他俩从来不睡觉？他们眼睛看着雪地，绕着我走了一圈又一圈，他们的脚步在我的周围踏出了一个圆。他们大概只是在想自己的心事，那些心事我是摸不透的。看来，林小丫是根本不打算再为我塑一个头了。这是好事还是坏事？

“从前，你祖母老坐在这院子里绣花，她绣出的蝴蝶一只又一只地从她的绷子上飞走了，无影无踪。”那父亲开口了。

“真想看看那些蝴蝶啊。”林小丫叹道。

林小丫叹息的时候，脸上显出迷茫的表情，这使她有点像我记忆中的成熟的年轻女子。也许这两个人都在竭力想象祖母的蝴蝶吧，反正这时，我听到了微弱的翅膀扇动空气的声音，那种沙沙沙的声音，比雪花飘荡的声音略微大一些。可是空中并没有蝴蝶。这种天气，蝴蝶是会冻死的吧。林小丫半张着嘴，脸上像老年妇女一样布满了悲苦的皱纹。她的背都好像有些驼了，我认不出她了。那位父亲也在倾听，他那紧绷绷的脸略为放松了，我觉得他沉入了回忆的黑洞之中。也许在那阴沉沉的黑屋里经历了通夜的焦虑之后，父亲才记起了先辈绣出的蝴蝶吧。那么我，会不会是林小丫和她爹爹合谋的产物？

我突然发现，那些小屋里的人都出来站在门口了，他们全伸着脖子朝我们这边看呢。难道真有蝴蝶，他们都看见了？真是怪事。也许这些人夜里点着灯睡觉（也许并没有睡，像林家父女一样在想些离奇的事），到了白天，他们的眼睛就看得见那些无形的事物了。还有一种可能就是他们在看我，他们看见了我肩膀上的那个不存在的头部。多么可怕啊。一瞬间，我感到自己的视力又加强了，尤其在脚跟那个部分。我看到人们站在薄薄的地壳上，下面是巨大黑暗的空洞，每当他们当中某个人说一句话或跺一跺脚，无底的空洞中就显示出微弱的闪电。我于是期待林小丫说话，我想看看她的电流是什么形式。可是这个林小丫变成了老年妇女，沉默而颓唐，像被什么东西压垮了一样。那位父亲更是好像已经不存在了一样，我简直怀疑他那黑棉袍里头是否还有完整的躯体。

“爹爹，我们走到哪里了啊？”林小丫问她父亲。

“小丫啊，快到海边了呢。”

在我的西边，一间草屋的门口，一位妇女跳起来了，她跳了又跳，她下面的黑洞在放电，将洞壁照亮了。那些洞壁上有些图案，都很模糊，像是地层的变动自然形成的，它们有规律地排列着。女人每跳一下，其中一个图案就发一下光。啊，那好像是鸟！难道鸟原先是生活在地下的？我记不清了。现在，所有这些人全跳起来了，他们下面的黑洞被强大的电光照得雪亮。我看到壁上的鸟们都在原处扇动翅膀，这些白色的鸟，它们多么不甘寂寞啊。与此同时，我被地壳的震动影响了，我感到我脚下的根基在松动——左、右——左、右……不，我没有倒下，我站住了！林小丫和她父亲一齐停下脚步看着我，他们吃惊地张着嘴。

“刚才我差点倒下了，爹爹。幸亏我的脚有这么大。您瞧，太阳！要是我在阳光里消失了，您可不要伤心啊。”林小丫说。

看来小姑娘将我当作她自己了，她真古怪。看她爹爹怎么说。

“怎么会伤心呢？高兴都高兴不过来呢。”爹爹一撇嘴，说道。

他俩继续低着头在绕圈子。阳光照在林小丫的脸上，那张脸又变得十分幼嫩了。她脱下棉帽，张嘴哈气，她哈出的气在空中形成鸟的图案，一只，又一只。我的细腿在抖，我为什么这么激动？是因为她就是我吗？那位父亲也很高兴，但是他表达自己高兴的方式很奇特，他恶狠狠地扬着拳头，像要同什么人搏斗一样。我还看见前方有一个人，他那么兴奋，一下就跳到了半空，他落不下来了。他想飞，笨拙地划动双臂，可是有个小男孩将身体吊在他的腿上，男孩用力向下蹬。啪的一声，两人一齐落在雪地上。他们抱头痛哭。

人们一停止跳动，下面的黑洞就缩小了，鸟儿也消失了。他们看上去那么怕冷，他们缩头缩脑地回屋里去了。我听见有人在屋里哭。这是些爱哭的人，同我记忆中的人们不太一样。林小丫跑过来抱住我时,我害怕极了，因为我觉得自己会融化——她身体里头热力四射。她抱着我晃了一晃，我感到自己的脚都要离地了。啊，她会不会摧垮我?！她朝着我的头部应该在的地方吻了一下，我想象中的胸膛里便一阵啪啪作响。

“那个人已经快到海边了。”林小丫的父亲说。

林小丫松开我，又去想她的心事。他俩踏出的这个圆圈显出了黑色的泥土，我的同胞在他们脚下化成了水，又流到旁边结成了冰。想想看，这父女俩有多大的热力。

我无意中往周围扫了一眼，发现雪地里已经立起了三个雪罗汉，他们都有着细细的腿、笨重的身体，远看像白蘑菇。这是周围那些邻居塑起来的，有一个人还站在他的作品面前发愣呢。当我看见那三个同类时，它们也变成了我。现在我面对这个倒霉的家伙了，它正在将自己的头往雪地上撞击，它是想撞掉自己的头吗？我没有头部，我体会不到它的苦恼。

林小丫惊讶地停下来，打量我的四个身体，我听到她在说："雪蘑菇，雪蘑菇……爹爹啊！"

我不知道这父女俩是高兴还是悲伤，他们的情绪越来越难以捉摸了。

屋檐边，我的一些同胞正在融化，滴答，滴答，声音将我带到诞生时的喜悦之中。那时在空中，一片白晃晃的，后来……后来林小丫就来了。我记起来了，林小丫塑我的时候，她父亲那双眼睛在小屋窗口那里闪闪发光，如同两只巨型蓝色鹰眼。现在我成了四个了，他的目光反而黯淡下去了。当北边又出现一个我时，这位男子的身影就变模糊了。我真想去抚摸几下这个影子，可是我动不了。

哈，我成了五个！新的这个我是突然出现的，我只有一条细腿，眼看就要被风吹倒，可是我立住了。啊，我胸膛里头在怎样地震动啊，就像风暴……塑我的那位男子已经走远了，然而我还听得到他那悲喜交加的啜泣。我是用脚跟听到的。这个人，他是一名锁匠，他最擅长于做一种心形的锁，他将做好的产品挂在屋檐下展示。现在，我在胸膛里的风暴中目送他远走他乡。

我还在增长，六个、七个、八个……林小丫目瞪口呆地站在我当中，她的身影也正在变得模糊。许多个我又一次回到夜里的情景之中——那时，我还是散漫的雪花，我在空中尽情飘荡，完全没有成形后的那种绝望感和恐怖感。也许，是林小丫和她那阴沉的父亲在睡梦中听到了我那自由的歌声？她冒冒失失地从屋里冲出来，凭着残存的记忆塑出了第一个雪罗汉，从那时起便将自己的命运同我连在一起了。现在，她目睹了我在她周围生长和增殖之后，她自己反倒要消失了。我成了我们，我们这些细腿的蘑菇晃荡得多么厉害啊！

天上并没有风，只有那个孤零零的太阳。

我成了庞大的蘑菇群。将我塑出来的人们一个接一个地消失，而我们留在原地。我看到了那种奇观：无底的巨大黑洞之上有一层薄薄的地壳，那些造型古怪的雪罗汉以不为人所理解的方式在地壳上扎根。“吱呀，吱呀，吱呀……”这是我们，也就是我摇晃时发出的声音。我不由自主地在摇晃。为什么要有腿？是为了可以摇晃啊。我在延伸，向那一望无际的白茫茫的天边延伸。总有些神出鬼没的人又塑出两三个我，然后他们就分别独自远行了。天地间是因为有了我这种异物，才显得如此壮观的吗？

林小丫，林小丫，这是你的初衷吗？我不知道。

二麻进城

麻哥儿坐在那株年老的枣树的旁枝上头。黑暗中有成群的大鸟飞来，由远而近，他害怕得全身发抖。鸟儿们的翅膀从他身上、脸上扫过时，他觉得自己要晕过去了。然而鸟儿们又远去了。爹爹在厨房里叫他，随着那嘶哑的声音一道，还传来了柴烟和爆炒辣椒的呛人的味儿。麻哥儿想，爹爹怎么半夜里起来做饭呢？

这个时候，村子里头还一点动静都没有，只有村前通往城里的大马路上有独轮车咿咿呀呀地驶过，是那些去城里卖猪的人。是两年前死去的妈妈将麻哥儿引出屋的。“夜里那么多好玩的东西。”当时麻哥儿觉得妈妈的影子好像说了这样一句话，但他听不到声音。麻哥儿觉得妈妈好像还说了这样一句：“二麻，你是个劳苦命。”后来不知怎么他就随妈妈的影子到了屋外。外面没有月光，麻哥儿只能摸着走。妈妈一出门就消失了。麻哥儿这才疑惑起来，屋里那么黑洞洞的，他是怎么能清楚地看见妈妈的影子的？他刚一想这件事，就摸到了枣树。枣树的树皮还有点温暖，树身似乎在呼唤着他。于是他就爬上去了。

他想回答爹爹，张了张嘴，发不出声音。多么黑呀，他知道那些鸟还没有飞得很远，他听到了。再往厨房的方向看，既没有看到火光，也没有看到烟。爹爹在干什么？麻哥儿溜下树，向厨房的门口摸去。

“只要不踩着鳝鱼骨头，就不会跌倒。”爹爹从灶口那里发出声音。

麻哥儿进了厨房，但他感觉不到爹爹近在身旁。他伸出手臂拂了几下，也没有触到爹爹，他又吓坏了，腿一软，坐到了地上。

厨房是新盖的，原先他家没有厨房，就在屋里做饭，一个地灶开在麻哥儿的床边。每当有人嘲笑说“吃饭睡觉都在一块儿啊”时，麻哥儿就怨恨爹爹。后来有了厨房，他还是怨恨，因为灶打得很不好，一烧柴就满屋子浓烟。麻哥儿还小，爹爹还没让他做饭。可他每回进去都被浓烟熏得有种想要寻死的冲动。“死了就好了。”他这样想道。

今夜厨房里却一点烟都没有。麻哥儿在心里嘀咕要是爹爹再不出现，他就摸回房里去。现在没到吃早饭的时候嘛。先前闻到的柴烟味和辣椒味也闻不到了。爹爹的声音从门外传来。

“二麻，你这个小鬼。”

后来他就听见爹爹的脚步声进了屋。麻哥儿决定在厨房里待下去，他想看看那只老蟋蟀会不会出来。厨房里没有浓烟的时候多么好啊，灶一烧热，老蟋蟀就会来享受灶的余温。比如现在，灶膛里就很热。那么刚才爹爹真的是在这里做了饭？麻哥儿摸到引火的松针堆，在那上面躺下了。先前厨房刚砌好时,夜里他总到这里来睡，他在灶边睡惯了。

胡思乱想了好久，蟋蟀还没有出来。虎纹的小猫在门口叫了两声，进来跳上灶台，侦察了一番又离开了。麻哥儿因为害怕而闭上了眼睛。

忽然，铁锅和铁铲发出大响，像要出事了一样。麻哥儿看见驼背的男人在捣弄他家的餐具。他是谁呢？他好像对麻哥儿家很熟悉，可是村里没有这样一个人啊。

“我是你永年舅舅，我住在城里。你妈嘱咐我来看你的。”

“我妈不是死了吗？”

“嗯。”

麻哥儿想，他也许说的是两年前的事。永年舅舅双手按着麻哥儿的肩膀，似乎在端详他，可是麻哥儿看不见他的脸。他觉得这个舅舅的手很硬，硬得像木头。他会不会是鬼？！驼背舅舅手一松，麻哥儿就倒在松针上。这个时候，他听到大马路上响起激烈的鞭炮声。

舅舅离开时说道："我们城里啊，现在不那么好混了。"

麻哥儿这才记起，这个舅舅是实有其人。麻哥儿四岁那年他来过，他不肯来家里，站在后山的窑洞那里。麻哥儿和妈妈去看他时，他从洞里出来，一个劲地傻笑。后来他交给妈妈一布袋红红绿绿的玻璃珠，说是给麻哥儿的。妈妈称他为"驼子"。他们在砖窑边分的手。

回到家里后那些好看的玻璃珠就不见了。好久以后，麻哥儿还在家里找来找去的。问妈妈呢，妈妈板着脸，不高兴他谈起这事。驼子舅舅没再来过，麻哥儿早就将他忘记了。现在他又记起了那袋玻璃珠，那是多么好看的东西啊。他很懊悔刚才没有及时记起这事。为什么妈妈不让他得到那些宝贝？她情愿将秘密带到坟墓里去也不让他知道。麻哥儿又怨恨起来了。然而这个时候蟋蟀突然叫起来了，是两只。一只叫声短，一只声音拖得很长。蟋蟀窝是在灶脚那里，两只总是同时出来。麻哥儿觉得它们已经很老了。他倾听着、想象着这两只蟋蟀的活动，心里头静下来，一会儿就在松针上面睡着了。

早上，天大亮了麻哥儿才醒来。他揉着眼睛站起身，立刻记起夜里来过人的事。他还记得永年舅舅将两粒玻璃珠放在锅里了。他揭开锅盖一看，锅底躺着的不是玻璃珠，而是那两只老蟋蟀，已经有点烧焦了。是它们自己跳进锅里的，还是那个幽灵舅舅干的？麻哥儿不敢多看一眼，盖上锅盖就走出厨房。

村里阴沉沉的，有雾。一位妇人从小路上走过，向麻哥儿暧昧地笑着说："你家昨夜来人了吧？"麻哥儿点点头。

麻哥儿进屋时，爹爹坐在桌边想心事，他指了指桌上的饭菜。饭菜还是热的，麻哥儿低下头吃起来。他觉得奇怪，怎么没看见爹爹做饭，饭菜就熟了？怎么不在厨房吃饭，却破天荒端到屋里来吃？也许，他睡得太熟了没听见爹爹做饭。可那两只可怜的蟋蟀又是怎么回事？他想着小蟋蟀，眼泪便滴到了碗里。

"他代表你妈妈娘家的人，他专门同我作对。"

爹爹说这话时被烟呛着了，猛烈地咳起来，脸涨得通红。过了一会儿，他才又补充说：

"吃的东西放在厨房我不放心，那个人一下就溜进来了。二麻，我们以后就在屋里吃饭了。这里的人总想看我们的笑话，你要自尊自强，像你哥哥大麻一样。他出去学手艺一年都没回来。可他的心是系着家里的。"

二麻用力想，怎么也想不出爹爹这番话的意思。莫非他是要自己出走，不待在家里吃闲饭？二麻感到脊梁骨那里凉飕飕的。妈妈死了两年了，他还是第一次有这种危机感呢。还有舅舅，他明明记得舅舅将玻璃珠放在锅里了，是不是爹爹将它们换成了蟋蟀？这些年他一直在找那些珠子，床底下啦，破衣橱里头啦，到处都找过了。可是他的爹爹比别人家的爹爹都要好，从不逼他干活，让他去玩。

麻哥儿将鸭子放到塘里后，自己就在塘边坐了下来。他面前有一个土洞，洞口长满了栀子花。麻哥儿用两块石头敲击了几下，那只老龟就出来了。龟已经认得麻哥儿了，所以一点都不害怕。龟的眼睛像往常一样，并不看着任何地方。这双眼睛对麻哥儿有种吸引力，麻哥儿总在琢磨，它到底看不看得见自己，如果看得见，它看见的自己又是什么样子。龟突然缩进去了。因为有人在麻哥儿的上方“扑哧”一笑。是那位妇人，她是住在井边的外来户。

“龟有两个家，你要走很远很远，才会找到它的另一个家。不过啊，那种地方你们小孩子是不能去的。”妇人说着话又哧哧地笑了起来。

“哪种地方啊？”麻哥儿眨巴着眼问道。

“就是它的另外那个家嘛。”

麻哥儿看着妇人离开的背影，觉得她身上有股妖气。这个外来的女人总让麻哥儿感到隐隐地不快，她对他说的话他也不太懂。

妇人一走那只老龟又出来了，那只眼睛还是哪里都不看。麻哥儿将手掌伸到它的眼前，它仍然一动不动，像一尊化石。麻哥儿想，乌龟很可能有一种特殊的视力。土洞一定是很深的，说不定是长长的隧道呢。隧道会不会通到它的另外一个家里去呢？那妇人会不会在乱说一气？

有时候，好久好久都见不到它，他都快将它忘记了。后来某一天，他看到它从远方爬回来，风尘仆仆，背壳上很干燥。他蹲下去打量它时，它也不理睬，按既定路线爬回洞里。还有的时候，麻哥儿看见它从塘边走下去，沉到水底就不见了，仿佛失踪了一样。要过好几天它才又出现，却不是从塘边爬上来，是从草丛那边的煤渣路过来的。

见过永年舅舅之后，麻哥儿很想进城去看一看。他想从家里偷一只布袋，在里面装上干粮和这只乌龟。他觉得老龟是能够帮他指路的那种动物。可是如果它不愿同自己一块走呢？虽然前途茫茫，去城里的目的也不明确，麻哥儿的心底还是跃跃欲试。如果龟的另一个家也在城里的话那该有多好啊。麻哥儿从未进过城，他听那些卖猪的人说，要走三天才能到城郊，而城郊离市里面还有一天路程。村里有两个贩猪的人，他们都说自己也没进过城，因为花费太大了。

龟爬到了外面，爬了一小圈又进洞了，像是出来散步。上岸的鸭子看见乌龟，纷纷发出惊叫。麻哥儿看不到乌龟了，鸭子们围着那个洞，叫得他心里一阵阵发慌。这些鸭子发现了什么？麻哥儿站起身，看见爹爹背着锄头出去了。真奇怪，爹爹出门连家里的大门也没关，就那么敞开着。也许他知道自己很快要回家？平时他可是很谨慎的啊。

不知怎么的，他听到家里有些杂乱的响动。他连忙跑回去。到屋里那三间房巡视了一圈之后，又发现并没有人进来。他站在父亲房里，看着那张老旧的雕花木床发起呆来。从前母亲总是坐在床前纳鞋底。她似乎不需要光线，在黑暗里反而工作得更好。她用双手灵活地摸索着干活。每次麻哥儿跑进来，她总说着一句奇怪的话："去去去，你把队伍都冲乱了，该死的！"于是麻哥儿吓得往后一退，仿佛自己真的触到了很多人的躯体一样。现在，站在这空空的、阴暗的房间里，他伸出手臂往周围扫了好几下，却并没有触到什么东西。刚才是什么东西发出响声呢？

麻哥儿跪下去，在五屉柜的最下面抽屉里找到了那只布袋。这是爹爹以前背着出门的袋子，灰色的粗布都已经发黄了，上面的铜环也生锈了。麻哥儿知道爹爹从前是手艺人，隔几天就离家一趟，有时一去半个月。但是麻哥儿始终没弄清爹爹到底做什么手艺，他也从来没见过爹爹做手艺的工具。爹爹出门时仅仅带着两三个这种布袋，难道爹爹的手艺不需要工具？那时麻哥儿总留心听，希望爹爹谈论一下自己的手艺，可到头来还是一无所获。后来呢，他就出去得少了。妈妈死后他就根本不出去了，只是将哥哥打发出去学了木工。麻哥儿觉得他已经安心于在家里务农了。他有时放下手中的烟杆，瞪着麻哥儿说："二麻，你将来有什么打算？"麻哥儿答不出来，他就哈哈一笑，不再提这事了。到了下一次，他忘了以前的事，又向麻哥儿提同一个问题，麻哥儿又答不出。

麻哥儿将布袋藏到自己的床垫下面，然后往厨房走去，他想自己来摊些煎饼。他刚刚舀了一碗白面，就看见住在井边的妇人站在了门边。

"麻哥儿你要做贼啊，快放手。到我家去吧，我给你准备了。"

妇人说着话就拖了他向外走。到了她家门口，她独自进去拿了一个网袋出来，网袋里是草纸包着的一大堆煎饼呢。她将麻哥儿一推，说：

“我知道你要走了，就赶紧准备了煎饼，你要走就走远些。”

麻哥儿被她推到了路上。他跑回家，将煎饼放进粗布袋，挂在门背后。他不能现在就走，因为爹爹就在后面坡上的菜地里呢。他必须等到夜里再走。麻哥儿拿了镰刀和篮子出去割猪草。他走到小河边，沿着河向前走，边走边割。这时他听到那外乡妇人在哭，哭声不是从她家里，却是从野地里传来。而且那也不是一般的哭声，她一边哭一边哀怨地诉说。麻哥儿听得心烦，就另择了一条小路走开去，离那哭声远点。那妇人有丈夫，有两个女儿和一个儿子，一家人过得很和睦，她会有什么样的伤心事呢？还有，她是怎么知道自己想进城去的呢？她居然为他准备了煎饼！麻哥儿的脑子乱了，他忽然又记起自己先前在什么地方见过这妇人。不是在村里，是在一个人来人往的热闹处所。那一次，她抚摸着他的头，对他说了一大通话，当时母亲也在场。麻哥儿努力想回忆出妇人说过些什么，但是想不出。

“麻哥儿要远走高飞了啊。”

说话的是女孩饭来。饭来细细高高的，样子很精明，她也在割猪草，而且还顺带着帮她患病的母亲采集草药。

“我也想走。可是我一走的话妈妈就会死。她要是死了，我也会后悔得死去，一定会。我可不想死，可我又想去城里，想得夜里都睡不着觉。麻哥儿你可好，一抬脚就走了。”

“你是怎么知道我要去城里的啊？”麻哥儿郁闷地问。

“哈，你还想瞒我们？大家都看出来了！”

饭来的表情一下子活泼起来，口里哼着小曲走开了。

为什么自己昨天才生出这个念头，村里人就都知道了呢？难道是爹爹先有这个想法，然后告诉村里人的？一般来说，村里人不喜欢相互走动，也不喜欢聚在一块聊天，每家人家各干各的，很少交流意见。麻哥儿觉得从昨天起，世道开始变样了，似乎这些变化都是由于他自己产生了要进城的念头。这到底是爹爹的念头还是他的念头？还有城里的舅舅永年，怎么会他一想进城他就出现了？他是在昨天上午观察那只老龟时产生进城的念头的。虽然住在潮湿的土洞里，洞里还有积水，乌龟的背壳却老是很干燥，上面还有些裂口，都是旧伤。看着它，麻哥儿的脑海里一下就出现了城里那些尘土飞扬的街道。像他往日听人说的那样，街道都很宽，街道两旁那些高耸的房屋很像山。像山的房屋里面会是什么样子？没有人告诉他，他也想不出来。他在心里叨念着："乌龟啊乌龟，我们要进城。"

爹爹睡下了好久之后他才敢动身。他按计划溜到村后，准备从那里绕到进城的马路上去。经过塘边时，他在土洞前蹲下来，可是老乌龟并没有像往常那样爬出来。他等了一会儿，很失望，只得离开。一眼望去，村子像一个坟墓，麻哥儿心里一阵莫名的难受。幸亏月光很好，道路看得很清楚。

一上大马路氛围就完全改变了，他万万没想到马路上在夜间会这么热闹，满眼都是人来车往的。独轮车、三轮车、马车、平板车……人们就走在马路当中，也不怕被车撞着，还大声说话，吆喝。似乎周围的人都认得他，他听见他们称他为“驼子家的侄儿”，那么，这些都是城里人。麻哥儿提着的一颗心放了下来。

开始的时候他总是闪避那些车辆，一会儿往左，一会儿往右，很不自在，还差点跌倒。后来他终于发现，那些路人全是昂首挺胸的，并且全是走直线，没人给车辆让路。只有他自己，给车子让路反被那些车夫辱骂、呵斥。有一位行人在他背后怒吼道：“驼子家的，你滚到一边去！”就这样别别扭扭地走了好久，他感到自己几乎要撑不下去了。这时周围的恶骂声也达到了高潮，还有人伸手来推他，要将他推到满载货物的三轮车车轮下面去。那人用力过猛，麻哥儿的身体眼看要往那边倒下。突然，他一横心，就势往那边倒过去。那一瞬间他在想：“死就死吧！”

然而三轮车猛地一拐，避开了他，他坐到了地上。他坐在那里不动，车子都绕道而行。推他的那汉子在他上面冷冷地说:“算你走运，哼，这条路上昨天还压死一个。”那人站在他身后，也不走了，好像在等他一样。麻哥儿又心一横，站起来愣头愣脑地对着那些车辆冲过去。车辆纷纷让路了。他一下子就扬扬得意起来。

“驼子家的，你可要看好你的路啊。”汉子又说话了。

麻哥儿抬眼一看，到处都是火把，马路上被照得通明透亮。有人在他背后捅了一下,催他快走。他回头一看，是住在井边的那妇人。妇人手里举着松明火把，眼里流露出渴望，她在观察自己前面的一个什么东西。麻哥儿心里想，她的前面有什么呢？什么也没有啊！

“梅姑，您也进城吗？”麻哥儿问她。

“不要问这样的问题，小鬼……我啊，我……”

她过于激动,说不下去了。她走了一会儿就退到路边，高举着火把，眼里还是那种渴望的表情。麻哥儿也想退到路边同她再说说话，可是她使劲推开他，要他快赶路，还说不然就来不及了。的确,举着火把的人们都在奔跑了，还有车辆，也在飞驰。麻哥儿感到眩晕，也许自己也该奔跑？他一跑起来，眩晕就消失了。“跑吧，跑吧！”麻哥儿对自己说。他将脚步抬得高高的,他有种飞翔的感觉，所有的人、车辆全给他让路！他跑着跑着就刹不住脚步了，他看到前方有一只滚动的圆球，他感到自己的两眼正在向外鼓出。他也有了那种渴望的表情。渴望什么呢？麻哥儿不知道。他只想用力跑，让前额碰到空中的那只圆球。是的，有好几次，他是碰到了，但那球啵的一下又弹开去了。他向两旁看了看，看见那些举火把的路人也在做同样的运动，就连那些车夫也如此。有一名三轮车的车夫过于沉醉于这个游戏，他的车不小心压着了一个小孩。那小孩在车轮下慢慢地倒了下去。麻哥儿继续往前，不知道那小孩后来怎样了。

妇人在麻哥儿耳边说话："你看这球，红得……二麻二麻，你快要回家了啊。那城里什么没有啊。你先前怎么就没想过回去看看呢？"

麻哥儿看不到妇人，但他听了她这些话全身发热，脚步抬得更高了。他一下一下地用额头顶那暗红色的球，他还用手去抓。他每次都抓了个空，真奇怪。在他的右边，一位老头捧着一只同样的球，正贪婪地用嘴去啃。

后来麻哥儿终于累了，就想退到马路边去休息一下。他发现人们手中的火把都快烧完了，四周渐渐地暗下来，而他眼前的那只球还在，黑幽幽地转动着。他要不要停下来呢？他顾不了那么多了，就退到路边去，一屁股坐在地上。他伸手到布袋里拿水拿煎饼，他饿得有点发昏了。黑暗中伸过来一只手捉住了他的手腕，那人压低了声音说：

“你不能停下来，你的驼子舅舅已经等不及了。一颗小核桃卡在他的嗓子眼里……谁料到他会去吞核桃？！”

那人用力一把将他拉起，麻哥儿又回到了大队人马里头。现在没有火把了，只看见黑压压的跳动的人影。人群的速度慢了下来，麻哥儿拿出煎饼，狼吞虎咽地咬了几口，有人用力将他的饼打在地上，仿佛是警告他现在不能吃东西。麻哥儿暗自思忖，难道要像这样走一通夜？会不会要走三天三夜？天会亮吗？他按捺住自己的心烦，调整了脚步。与此同时他听到了整齐的脚步声：“哒、哒、哒……”马路上的人们的脚步忽然变得一致了。麻哥儿和上了这脚步声，心里就没那么烦了，他对自己说：“反正死不了。”这时他想到了永年舅舅。刚才那人说的是事实吗？难道舅舅一下子又回到了家？他不是昨天还在他厨房里出现过吗？他觉得那汉子的话不可信。麻哥儿飞快地拿出水壶喝了几口水，这回倒没人打掉他的水壶。喝水之后舒服多了，眼力也好一些了，他又可以看见空中的那些球了。他面前那一只缓缓地向他接近，还发出微弱的荧光呢。麻哥儿用前额顶了一下那只球，奇怪，完全没有一点感觉，难道是一个影子吗？可旁边那老汉还是抱着一只发光的球啃得起劲，发出嘎嘎的声音呢。他边走边啃，样子很滑稽。麻哥儿又用手去抓，又抓了个空。

“你在嫉妒我啊？”那老汉说。

“我没有。”

“呸！你就是嫉妒我嘛！我偏要啃给你看，好吃极了！”

老汉发狠地用两只手掰那只球，轰隆一声巨响，球炸了，老汉也不见了。这时先前推麻哥儿的那汉子又过来了，麻哥儿听出了他的声音。他弯着腰在地上找那些碎片，口里不住地说：“你看，这是头盖骨，这是……鼻子，这是右肺。你站住，不要走，看看我怎么收尸。”麻哥儿也弯下腰用手在地上摸，可什么也摸不到。汉子讥笑他说：“驼子家的侄儿，你想一步登天啊！”麻哥儿脸一热，心里涌出一股自卑的情绪。他直起腰来，突然觉得去城里的路途还是那么遥远，也许永远都到不了城里了？

人群的脚步声还是很有节奏，大家都自觉地绕过他俩。“只有王老汉这种人才可以登天。”汉子又说，“他可不是一般的人，他杀过自己的儿子呢。”

麻哥儿骇然发现天上有一个黑色的庞然大物正朝他压下来，他口中发出尖叫，叫了又叫。他想躲开，两只脚却像被钉在原地了一样。他并没有死，当他又一次抬眼时，又看见那庞然大物压下来，他又尖叫。他明白了：不能抬眼看天上。汉子的声音又听得见了：“对了，使劲叫，将胸膛里的秽气都吐出来就好了。”此刻，麻哥儿感到自己真的“好了”。他想帮汉子的忙，帮他提那个装尸块的麻袋。可是哪里提得起，那里头像是装满了铁一样沉。汉子哈哈地笑起来说：“二麻，你还是赶路吧，你还是赶路。这种事不是你可以做的。我要让他回老家。”他一把推开了麻哥儿。

麻哥儿又被人群挟着往前走了，那只球还是在他的前上方浮着，那么圆，那么真实的一只球。一想到这球会将人炸成碎片，麻哥儿就不敢用头去顶它了。他垂着头赶路，他听到有人在议论他，那人反复说到“驼子家的”这几个字。“他竟敢去那种地方！”那人喊了起来。他喊了这句话之后麻哥儿的行动就不自由了。一辆载了石块的平板车居然拦在他面前不动了，麻哥儿想绕过去，又有更多的人挡着他。麻哥儿再往旁边绕，还是走不通，他发现他们已经组成了一道人墙。怎么回事呢？这些人不让他进城了吗？他等了好久，“人墙”没有任何松动的迹象，他朝前看，看见黑压压的一大片人和车，原来大家都停下来了。麻哥儿问那位挡着他的路的老女人为什么停下了，老女人就反问他说：“你是要到哪里去啊？”麻哥儿说要进城。老女人鼻子里哼了一声就不说话了。

由于老等下去也不是个事，麻哥儿决定另找一条路进城。他想找一条同这条马路平行的小路，他离了马路，在乱草丛中摸索着往前。到处黑咕隆咚的，他用脚探路，可是这地方似乎没有路，只有荒草。他有点后悔了，又想回到马路上去。可马路在哪里呢？马路消失了，只有这些乱草和灌木。麻哥儿放慢脚步，走几步又停一停，他希望天快亮起来。

就在他几乎都要绝望了时，脚下忽然就出现了一条煤渣小路。这条路同大马路的方向不完全平行，稍微偏了那么一点。麻哥儿上了路之后才发觉煤渣路越来越偏，似乎不是通向城里，而是通向自己乡下的家。这时他想，也有可能他在这黑地里已经辨不清方向了，天亮再看吧。他靠着路边的樟树坐下，喝了水，吃了一个煎饼，立刻就感到眼皮沉重，一会儿就睡着了。

太阳将麻哥儿晒醒了。鸟儿在草丛里跳跃着，樟树叶子在风中发出熟悉的响声。麻哥儿站起来，一眼就看到了面前的马路。马路上静悄悄的，既没有车辆也没有行人。麻哥儿感到振奋，感到神清气爽，背起干粮袋就上马路。到了马路上他才发现问题：这条马路不是原来的那一条。他记得进城的那条路是柏油路，而这条路却是一条铺得很粗糙的水泥路。他想根据头上的太阳来辨别一下这条路是否通往城里。他看了老半天，觉得有点像，但又拿不准。也许这条路同柏油路是同一条路，修路修到后来就铺水泥了？如果路上有一个人就好了。麻哥儿爬到路边的树上去观察，他透过薄雾看见了远方自己的村子，看来昨夜并没有走多远。根据他们村的方位，麻哥儿推测出这条水泥路是通往西边的。从小他就听说了城市是在南边，那么这条路并不通到城里。他跳下树，正打算离开马路，突然看见一个人从乱草丛中出现，上了马路。他快步朝麻哥儿走来，喊道："二麻，二麻！你舅舅撑不了多久了，还不快走啊！"

麻哥儿同这个人一道走着，心里不住地嘀咕：这是走到哪里去啊？他终于忍不住问他了。他回答说："二麻，你看看这条路上有没有别人？没有吧。那么，是谁叫我来的？是你永年舅舅嘛。他让我来接你，这还不明白吗？"但麻哥儿还是不明白，因为这条路通往西边啊。他说出自己的疑惑，这个人就笑了，在他背上拍了一掌，说：

"你这个小鬼！你看有谁像你啊，上了路还去管什么东南西北！"

麻哥儿突然对这个人感到很厌恶，觉得他太专横，管得也太宽了。自己要是跟着他走，会不会沦为他的奴隶？在村里时他听人说过拐卖小孩的事，这个人有点像人贩子。他在前面走，麻哥儿跟在后面。麻哥儿紧张地打量周围，想要逃跑。太阳已经升得很高了，有好几种鸟儿在路边的草丛和灌木丛中叫着，那些声音在麻哥儿听来有点悲凄。他放慢脚步，于是同前面那人的距离越拉越远。后来他就离开水泥路，撒腿往村子的方向跑，可是没跑多远就被人揪住了。正是那人。

“你这个傻——瓜！”他气喘吁吁地说。

麻哥儿愤怒地挣扎着，心里想，也许自己真的是傻瓜？那人的手像铁钳一样，他根本就挣不脱。而且他身上散发出一股奇异的气味，麻哥儿闻了就变得软绵绵了。奇怪的是他一旦放弃挣扎，心境就完全改变了。他对这个穿着皮夹克、领子竖起、面目模糊的人贩子产生了好感，乖乖地跟着他走了。于是那人松开了他，叹了口气说：

“人就是这样，明明是对他有好处的事，他还要故意作对。”

麻哥儿心里涌出羞愧的情绪，脸上发烧，这时他才看清，这个人是一个断臂人，一边衣袖里面是空的。可他那只独臂是多么有力啊，他身上的气味是什么气味？想着这事，麻哥儿不知不觉地挨近了他。随着一阵风将他的空袖子吹起来，麻哥儿被熏得打了个喷嚏。那气味是从那袖管里钻出来的，有点像柚子香，但浓郁得多，麻哥儿闻了之后骨头发酥，并且想起了许许多多的往事。他一边走一边捉住那空袖管，拿在手里去嗅。那人也不阻止他，只是说：

“二麻二麻，你可不要像你爹爹那样，好了伤疤忘了痛啊。你们村里那口井是怎么枯掉的，你还记得吗？”

“记得。是有人往里头扔鱼的肠子，还有猪粪，后来就枯了。”

麻哥儿说这话时，又记起了舅舅给他的玻璃珠。他脑子里冒出了一个念头：那一袋玻璃珠会不会在枯井里头？这念头刚一出现，脑海里就升起一幅画面，在画面上，他和住在井边的妇人都伸着头往井底看，强烈的白光将井里头照得亮堂堂的。他猛然记起，这不是什么画面，是真的发生过的事。那天夜里，他不是同那妇人坐在她家的柚子树底下谈论过城里的事吗？后来妇人说，舅舅的玻璃珠在井里头，他们才一道去那枯井的井口探望的。唉唉，这事他怎么忘得干干净净了啊？那人说话的声音打断了他的回忆。他要麻哥儿称他为“梓叔”。

“梓叔，您的手臂是怎么断的啊？痛不痛啊？”

“不痛。是它先死了，然后我就自己将它砍掉了。它死之前，我很痛。二麻，你闻到城里的烟火味了吗？可路还远着呢，也不知我们走不走得到。”

“梓叔，您会同我一块去舅舅家吧？”

“不会。你要自己去。你舅舅有东西要交给你，他不要别人看见。”

“我怎么找得到舅舅家呢？”

“你会找得到的。你这么灵活的小孩，什么地方找不到啊。”

麻哥儿闻着那袖管，许许多多的往事在他心里拥挤着，这种感觉特别好。还有，他觉得梓叔是他的一位亲人，比爹爹还要亲。他睡一觉醒来，就遇见了梓叔，这事真有趣啊。有好些人，都是妈妈家里那边的人，城里人。井边的妇人从前大概也认得他妈妈吧。可是他记得的妈妈，一点都不像他在路上遇到的这几个城里人，他妈妈的样子同乡下人一模一样。城里会有些什么东西呢？一想到这里，麻哥儿心里就升起热烈的渴望。可又一想，梓叔到了城里就会扔下他，让他迷路啊，这太可怕了。这么亲切的梓叔，为什么要扔下他呢？

舅舅有东西要交给他！他希望是更大颗粒的、更好看的玻璃珠。舅舅要是不吞核桃该有多好，那样的话，他大概就会带他在城里玩耍了。他真的快死了吗？麻哥儿见过死人，那是他妈妈。虽然已经死了，爹爹还让她靠着一堆被子坐在床上，然后叫大麻和他去同妈妈告别。麻哥儿一见妈妈那种样子就晕过去了，所以他并没有将妈妈看清楚。后来爹爹指责他“不孝”时，他感到很委屈，因为他又不是有意要晕过去的。看来他见不得死人。可他现在也许又是去见死人！想到这时，麻哥儿的情绪低落下来了。他在心里说：“舅舅，你可要挺住啊。”“当然，不会有问题的。”他听到妈妈的声音在他背后说。麻哥儿吓出了冷汗，他小心翼翼地转过身。他没有看到任何人，只有一堆枯叶旋转着冲他俩而来。麻哥儿抓住梓叔的衣服，全身发抖。

“二麻，你现在不想进城了吗？”梓叔和蔼地问道。

麻哥儿鸡啄米一般点头。

“可是你应该去！”梓叔的声音忽然威严地提高了，“你是你永年舅舅的最后希望，只有你可以将那颗核桃弄出来，这事你怎么就不明白呢？告诉你吧，城里凡是知道这事的人都在盼着你去！你可要像个样子才行！”

梓叔说着话就一掌将麻哥儿抓住他的衣服的手打开了。麻哥儿羞愧地低着头赶路，也不害怕了。梓叔说得对，他是他舅舅，还送过他那么好看的玻璃珠，他怎么能不去救他。话虽这么说，可是他还是怕死人啊。现在怕也得去了，走一步看一步吧。

太阳快升到头顶了，宽阔的水泥路上还是只有他们两个人。

“梓叔，您身上有柚子的香味。”麻哥儿讨好地说。

“是这样。所以大家都愿意听我的话嘛。”梓叔自豪地说，“原来我也不是这样，断了这条臂之后就变成这样了。这事有多么奇怪。”

梓叔甩了几下那只空袖，若隐若现地，一只小鸟从袖子里飞出，好像是橘红色，又好像是蓝色，麻哥儿看呆了。梓叔问他看见了什么，他说是鸟，梓叔就干笑了一声说：“这里头什么东西没有啊。”麻哥儿暗想，他应该是说他身体里头什么东西都变得出来吧。麻哥儿再抬头时，赫然发现梓叔变成了一团耀眼的光挡在他前面，弄得他都没法睁眼了。麻哥儿想避开，可是无论他怎么躲，那光总是在他前面。发光物是圆形的，就像一个太阳落到了地上一样，麻哥儿只要看它一眼就变成了盲视，好久恢复不过来。麻哥儿转过身，背对它向马路旁边跑去，他跑离了马路一段路才敢回头。那团光不见了，它究竟是不是梓叔呢？现在他还要不要上马路呢？如果不上马路,显然是更加无法进城了。可是麻哥儿又怕那个发光物，他不知怎么相信，要是再多看那东西几眼，自己就会变成盲人。那不是一般的光，那种光比太阳还要厉害得多！

麻哥儿在乱草里坐下来，他打不定主意。梓叔显然是认识他舅舅的，要不他怎么会知道他的名字。可进城的大马路上怎么会一个人都没有呢？这种怪事叫人怎么能相信？梓叔还说过，正因为这条路上没人，才正好是通往城里舅舅家的路。但麻哥儿想不通他说的这种事。他胡思乱想之际，忽然感到屁股下面的草地在动，于是跳了起来。啊，是那只龟！龟一动不动地抬着脖子。麻哥儿忍不住蹲下来抚摸它。龟给他带来了希望，他感到自己的行动有了目标。麻哥儿将龟放进干粮袋里，背着它上了马路。他想，这一定是龟的愿望，它不是乖乖地待在干粮袋里头了吗？

麻哥儿的第二夜是在乱草丛里度过的——他同龟在一起。他睡到半夜时分时，朦胧中听到梓叔在对他说话，说些什么听不清。后来梓叔又将永年舅舅拖来了。永年舅舅居然是一尊石像。麻哥儿站起来，梓叔让他对着石像的耳朵说话。麻哥儿说了几句，梓叔就批评他，说他的声音细得像蚊子叫。麻哥儿就用力喊，还拍打石像硬邦邦的肩头，将手都打疼了。梓叔还是说他没有尽心尽力。“你还不如那只龟。”他郁闷地说。

麻哥儿弯下腰，将龟从干粮袋里放出来。不料梓叔一看见龟就慌了，他口里咕噜着什么，拖着石像就到马路上去了。麻哥儿这才注意到，石像脚下有轮子，可以拖着到处走。他为什么要说它是永年舅舅呢？麻哥儿看着远方的那两个背影，有种很熟悉的感觉。这是两个熟得不能再熟的人啊，可他就是叫不出他们的真实名字。低头一看，龟自己又爬进干粮袋里去了。这只龟真乖啊。

梓叔已经走了好久，石像脚下的轮子还在麻哥儿的耳边响，轰隆隆、轰隆隆的，好像他们总也走不远。麻哥儿想，看来自己并没有走错路啊，到底为什么一个人也没有呢？麻哥儿躺在草丛里继续睡，刚要睡着，又听到永年舅舅在他的上方对他说话。

“我将那些珠子埋在山里了。我本来要给你，可你妈不让，她还说，埋在那里也等于是给了你。她是这样说的：‘你还怕他找不到啊！二麻这小子最鬼了！’二麻，你可要快点来啊，你哥哥已经来过了，他帮不了我。我就等着你来。”

麻哥儿朝上看，看见那人影像一座通天塔，很可怕，世上怎么会有这样的人？他舅舅分明是一个矮小的驼背男子，这个其高无比的人怎么会发出舅舅的声音的呢？麻哥儿将脸贴着草地，不去看那人。那人居然蹲下来，凑到他耳边又说话了。他的话麻哥儿已经听不清了，啊，他还用手去掏干粮袋里的乌龟呢。乌龟一伸脖子，在他手掌上咬了一口。他发出一声呻吟，将乌龟摔在地上。麻哥儿在心里对自己说：“快睡着吧，睡着了就没事了。”他闭着眼不敢动，担心着这个人会不会像摔乌龟一样摔他。这是一个巨人啊。

后来那人就上了马路，麻哥儿看见他像一座塔一样向前移动。舅舅的声音顺风传来：“二麻，你要守信用啊。”

天亮之前他睡得很好，因为老乌龟爬到了他怀里。他搂着它，回想起他和它一块儿度过的那些沉默的时光。在梦里，麻哥儿成了一个老头儿，他守着一水塘的野鱼，他坐的土墩边长着很多鱼腥草，阳光照在水浮莲上，给他一种眼花缭乱的感觉。在最后一个怪梦里，一条满嘴胡须的鱼用两只脚爬上岸，对他说：“你可不要醒不来了啊。”鱼的声音也是和永年舅舅一模一样。

他再次上路时，就有了种听天由命的态度。反正就是这条路，他不走到底，走到城里去，还有什么其他办法？他现在也不愿回家了，谁知道往回走是不是回家？早上他爬到一棵树上观察过了，周围全是陌生的景色，根本就不知道家在哪个方向。再说要是现在回到家里，爹爹会如何看待他的行为？想到爹爹的那种目光，麻哥儿觉得还不如死了的好。麻哥儿自己断了自己的后路。

当第一辆独轮车出现的时候，麻哥儿脚上已经打起了血泡。他蓬头垢面，身上很臭，他的干粮已经吃完了。最近这两天，其中一天在草丛里捡到一窝鸟蛋，狼吞虎咽生吃了，昨天则仅仅吃了一些植物块根。推独轮车的妇女细眉细眼，面色很白，手和脚却很粗大，麻哥儿觉得她有点像自己的母亲。她车上筐里的东西用布罩着，也许里头是些小动物。麻哥儿看到那块粗布不断地被拱起来。车子擦着麻哥儿的身体过去了，那女人是故意擦着他的，可是她既不抬眼看他，也不减慢速度。麻哥儿待她过去之后，猛地一转身，他看到了筐子里有一个赤身裸体的婴儿！婴儿被绳子松松地缚着，在筐子里一跳一跳的，脸上和脖子上还有血迹。女人有所觉察，也转过身来面对麻哥儿，说：

“你不要盯着我瞧,那前面还有很多呢。”她努了努嘴。

麻哥儿又一转身，果然看到又有好几辆独轮车过来了，都是驮着婴儿，连布都没盖呢。推车的女人们都有点面熟，像母亲这边的亲戚。其中一名妇女笑嘻嘻地对他说：“你长这么大了啊，当年还是我将你驮到村里去的呢。”她缺了一颗门牙，她筐里头的婴儿一动也不动，也许已经死了。“你要是不靠近我，我还真认不出你了。你怎么成了独眼了啊？”她又说。麻哥儿伸手一摸，果然，自己的左眼已经没有了，是什么时候没有的呢？麻哥儿心里有点乱，因为稀里糊涂地就没了一只眼，自己竟没有觉察，怎么会这样？

他站着没动的这会儿，好几个人走过去了。却原来她们是很长的队伍，车轮仿佛在咿呀咿呀地哭，路人如果听到，都会禁不住伤心。麻哥儿想起自己失去的眼睛，也开始伤心。他一边走,那只独眼一边不住地淌出眼泪来。当他想起母亲时，心里就升起了怨恨。他觉得母亲这边亲戚太多了，也太强大了。可是他自己，不正是去投奔母亲的亲戚吗？刚才那女人说他已经变得认不出了，莫非他真的变成另外一个人了？想到这里，他忍不住朝她们喊：

“我是二麻！”

推车的女人吃惊地望他一眼，全都嘿嘿地笑起来了。他听见她们好像在说他真调皮，真不听大人的话。麻哥儿这样喊了之后，心里就舒服多了。他闻到自己身上酸臭的味儿，这味儿让他有几分安心。他用袖子擦干眼泪，心里平静下来了。

“我是二麻！我是二麻！”他又喊了两句。

女人们都朝他赞许地点头，说：“来了就好，来了就好……”还有一个人经过他身边时对他说：“永年家的外甥啊，你看看这个娃娃是不是你的弟弟？”

月光下，那两岁左右的小孩正躺在筐里吸吮自己的大拇指。麻哥儿弯下腰去看他时，他就闹腾起来，将竹编的筐也弄翻了，他自己从那里头被倒了出来。女人一边将赤条条的小孩捡进筐里，一边埋怨麻哥儿：“你看你，你看你……你把你弟弟弄痛了。”麻哥儿就说：“他不是我弟弟啊。”由于他们挡了路，后面的独轮车也不绕过去，就那么停下来了。有几个女人还放下车子围拢来看。

“真是永年家的啊，长得一模一样嘛。”

“他走散了这么些年，总算回来了。”

“哼，我看他人回心不回。”

“这么年轻，我们应该让他犯错误。”

麻哥儿感到她们都在抚摸他的头，这些女人像村里人一样，手上都戴着铜戒指，那些戒指夹着了他的乱发，他疼得叫了起来。可是她们还在重重地抹过来抹过去的，口里一边议论说他“很可怜”。麻哥儿忍无可忍，跳了起来，冲出包围圈，往前跑了好远才停下来。他躲到路边的大樟树后面，他希望车队快快过去，他可以远远地跟在他们的后面走。直到这时，他才记起乌龟被他弄丢了。他本是将空干粮袋背在背上的，乌龟就在袋子里。一定是刚才那些人将背袋的带子剪断，拿走了乌龟。啊，这可不是个好兆头！

车队终于过去了，是很长的车队。麻哥儿从树干后面出来，盯住最后一辆车往前走。可是走了没多远，最后一辆车就不见了，他加快脚步追赶，后来又飞跑起来。可还是没用，车队仿佛从这地面上消失了一样。然而隐隐约约地，还听到轮子的哭声。麻哥儿又闻到了自己衣服里面散发出来的酸臭味，这臭味再次让他感到安心，多么奇怪，他一边走一边倾听，竟然有种陶醉的感觉了。在他心底沉默着的那些往事又一次涌出来了，都是些他从来没想到过的事——比如他和驼背舅舅带着老龟在山里游荡这样的画面；还有，他在舅舅家门口的街上放一只羊，那只羊终日吃路上的灰尘；还有，舅舅和妈妈在商量要将他送到很远的地方去做学徒，他则躲在门后策划着逃跑的事；还有，在黑夜里，爹爹带着他绕着一口深塘转了一圈又一圈，不住地问他：“二麻，你要不要下去？”还有……

他孤零零地走着，前方的月亮那么大，那么红，仿佛在召唤他回家。是的，正是回家，回妈妈的那个家。或许爹爹原先的家也在那里，在那条他从未去过的街上。他饥肠辘辘，却很兴奋，企盼着某种模模糊糊的事物快快出现。独轮车咿咿呀呀的哭声又近了，这一次是从他身后来的。他回身一看，吓坏了，大队人马黑压压地过来了，好像全是女人，全部推着婴儿。不知怎么的他就跑起来了，他想跑到这些人的前面去。他跑啊跑啊，回头一望，她们还是紧紧地跟在他身后。于是他壮着胆问那前面的老太婆：

“阿婆，天快亮了吗？”

“是啊，二麻，你瞧你弟弟有多乖。”

那婴儿端坐在筐里头，有点像小老头。

“你干吗跑啊，二麻？你要向你这个弟弟学习。”

“我真蠢。”麻哥儿羞愧地说，“我们已经到了城郊了，对吗？”

“是啊。”四五个女人一齐回答他，像唱歌一样。

他们一块走了好久好久天才亮。天一亮，路边的房屋全显出来了，是一些质量不太好的砖瓦平房，间或也有两层楼的房子。那些院子都很乱，很脏。推车的女人们开始陆续从大路上消失，大概是回她们各自的家去了。麻哥儿感到恐慌：他要不要同她们一起回家？可是没有人来邀他啊。看来他得独自一人进城。那么，城在哪里呢？从前人们告诉他，城里有四五层楼的房子，有一座白玉高塔，两个烟囱。麻哥儿到路边爬上树瞭望，只看见雾蒙蒙的一片灰色。他失望地下了树，站在空空的马路上。他在极度的饥饿中又闻到一股更强烈的臭味从身上散发出来，他想："我该不会饿死吧？"

他离开马路，进了一家院子。院子里有一群鸡在啄食一碗剩饭。麻哥儿冲上去，抓起那只破碗，将里头的剩饭一口气吃光了。他坐在一块凸出地面的石头上休息时，头上包着黑头巾的老太婆出来了。她向他招手。

"二麻，我炸了油馃子，你快来吃啊。"

麻哥儿随她进了屋，拐进厨房，在灶台边坐了下来，老太婆将油馃子放在很小的方桌上。麻哥儿大嚼起来，老太婆在一旁喋喋不休，麻哥儿一句都没听清。直到将那盘油馃子全吃完了，他才听到她在说：

"你永年舅舅不肯死，你看怎么办啊？"

"永年舅舅？我舅舅在您这里吗？"麻哥儿吃了一惊。

老太婆点了点头。麻哥儿感到一阵睡意涌上来，目光变得模糊了。老太婆抓住他的后领使他站起来，但是他的脚步不稳，一下撞到墙上，一下撞到门上。在里屋的小黑房间里，麻哥儿于朦胧中看见了舅舅。舅舅侧卧着，苍白的驼背居然裸露在外，床头点着一盏油灯。麻哥儿掐了一下自己的脸蛋，确定自己是清醒的。舅舅的手在被子里弄响着什么东西，像是玻璃。

“二麻，你吃了油馃子？”舅舅说话时并没有看他，但他似乎什么都知道。

“嗯。”

“油馃子的味道怎么样？”舅舅忽然提高嗓门，语气变得严厉了。

“油馃子……味道好……啊！”

麻哥儿挣扎着说出了这几个字，他感到自己快要睡着了，他用力打了自己的脑袋一掌。与此同时，房子旋转起来了。

“油馃子……玻璃球……城里什么都有。”

舅舅的声音时断时续的，似乎还在列举城里的种种好处。麻哥儿往地上一坐，不管不顾地伏在舅舅的床边打起了瞌睡。他睡得多么深啊，他什么都听不到了，连梦都没做。

他醒来时，看见屋外艳阳高照。他一时想不起自己在什么地方，也不记得自己出来多少天了，可他知道自己正在去城里的路上。他面前有一张空床，床上铺的蓝印花布被子卷起来了。刚才他就是伏在床边打瞌睡。啊，他记起来了，是舅舅，舅舅刚才睡在这里。还有老太婆，就站在墙边。墙上有一幅年画，画的是一男一女两个小娃娃坐在一只无头巨龟的背上，巨龟浮在海面上。

麻哥儿走到院子里，看见老太婆蹲在地上拌鸡食。这时房里发出轰隆隆大响，好像大柜子倒下来了一样。她侧着头听了一听，说：

“这是那只乌龟。它的头被砍掉了，所以总是撞翻东西。”

麻哥儿想起同自己出来的老龟，眼泪一下子就流下来了。

“你哭什么呢？龟是长命的动物。没有龟去不了的地方，它们到处活动。”

老太婆站起来，拍着麻哥儿的肩头安慰他，要他进屋。麻哥儿问她舅舅在哪里，她说不知道，因为舅舅神出鬼没，说不定已经到了市中心了。

“那么，这里离城里还有多远？”

“这里已经是城里了，你还不知道啊。你看看这些高楼……”

麻哥儿只看到零零落落的几个农家小院。他又问她：

“有人说舅舅吞了核桃，是真的吗？”

“当然是真的。他想吞就吞，那种实验他经常做的。

有人和你说过他的事了？好啊，你来投奔他，就要把他的爱好弄清。”

进到屋里头，麻哥儿看见那几个柜子好好的，根本没有倒翻。老太婆说，龟就是这样的，动不动弄出吓人的声音来，其实并不和人捣乱。老太婆还让麻哥儿称呼她为“桃姐姐”，这令麻哥儿非常诧异。她还说：“我其实比你大不了多少。”后来她就到灶屋烧火煮饭去了。

麻哥儿再看墙上那张乌龟和小娃娃的年画时，发现无头乌龟已经沉到水里看不见了，两个小娃娃高举双臂，似乎在求救。这张年画令他的情绪很烦躁，他转移开目光，去打量屋顶上的那根横梁。啊，那是什么？那不是他的那只老龟吗？同样的身体，同样的姿势，伸着头，像化石一样。他一定是同往常一样，用这种姿势同麻哥儿打招呼呢！他的心情马上变得欢快了。

吃饭的时候，老太婆不断地将一种小干鱼夹到麻哥儿的碗里。她嘱咐他说，既然进了城，今后就要学城里人的做派了，不要动不动就哭鼻子，也不要想念乡下的那个家了，因为城里比乡下不知好多少倍，要什么有什么。忽然，麻哥儿感到小干鱼硬硬的鱼尾卡在自己的喉咙里头了，他吐出一口血，恐慌得要晕过去了。他出着汗，翻着白眼，然而还听到老太婆在说话：

“二麻，二麻，我是桃姐姐啊，你认出这间房子了吗？”

麻哥儿摇摇头。他想说："我可不想死。"可是他说不出来，喉咙太疼了。起先他伏在桌子上，后来他又摸索到里屋，躺到舅舅睡过的床上了。老太婆也跟过来了，她又凑近他问道：

"你现在认出来了吗？"

麻哥儿在疼痛的间歇中想道："她像苍蝇一样讨厌。"他挥手赶开她。

"认不出你就去死！"

老太婆尖锐的声音响彻房间。麻哥儿感到他就要大祸临头了，他欠身又往床下吐了一口血。有一团冰冷的东西在他胸膛里融化，他的牙齿磕出响声。这时他又闻到了熟悉的臭味，这臭味使他获得了暂时的镇定。啊，有个什么东西在垫被下面拱呢？难道是老鼠？

麻哥儿用垂死人的目光打量眼前的墙壁，他的目光扫过之处，墙上的那些裂缝都变成了物体：镰刀啦，盐罐啦，锅铲啦，油灯啦，吹火筒啦，鞋钻啦等等，就那么悬在墙上。这些东西全是他乡下的家中常用的物品。他很想告诉老太婆他"认出来了"，可他开不了口。他觉得自己要是开口的话口里就会喷出鲜血，他就必死无疑了。

垫被底下的小动物终于拱出来了，原来是老龟。老龟变得多么年轻了啊，背上的裂缝全消失了，眼睛炯炯有神地看着他。麻哥儿觉得它好像要说人话了一样，它的头伸向他的手，一下一下地抵着他的手心。它为什么事着急？

他真的认出来了，这屋子就是他的家，比乡下的家还要熟悉的一个家。至于他什么时候住在这里的，他实在是记不起来了。他现在记得很清楚的是，从后门走出去，就可以看到宽阔的大街，街边放着一张一张的桌子，人们围着桌子玩纸牌。那些苦楝树上不是停着鸟儿，却是停着一些乌龟。也许此刻手中的老龟就是想向他讲这件事？

麻哥儿张开口，尝试着“啊”了一声。与此同时，他感到乌龟在他手中用力抖了几下。痛苦减轻了。

“二麻，你舅舅从烟囱顶上下来了。这个驼子啊，天一刮风他就到那上面去观察我们城市。”老太婆走进来说，“我们这里，没有他看不到的变化。”

老太婆说着话就开始在屋当中跳一种舞。麻哥儿村里的人也跳集体舞，多半在打谷场上对着月亮跳，可他从未见过老太婆跳的这种刚劲有力的舞。从背影看，她似乎是一个年轻的小伙子，这么窄的地方，她也可以腾飞到离地一米高。乌龟也在观看，乌龟似乎又恢复了化石的姿态，它到底是不是在观看呢？麻哥儿开口说话时，喉咙里卡的鱼骨消失了，就如同从未有过被鱼骨刺伤的事一样。

“我见过您。您是谁？”

“我是你桃姐姐啊。你想不起来了？”

“我、我现在有点想起来了，您是住在街对面平房里头的姑娘……您的舞跳得多么好啊！我们一块去郊区的湖里采过莲蓬。”

“二麻二麻，你的记忆力多么了不起！你还会记起更多的事。”

麻哥儿盯着乌龟的背壳看，他看到原来裂开的地方变成了隐隐约约闪光的细线。再看下去，那几根银线又构成了一只水蜜桃的图案。这时老太婆伸出手来将乌龟拿起，放在自己的肩头。“它也是我的弟弟，我是你们大家的桃姐姐。”

麻哥儿用力想，又想起了一件事，那就是住在街对面的姑娘将他推到湖里去的事。那一次在湖底，他并没有挣扎，他睡着了。后来他灌了一肚子水，浮上水面，就得救了。这时老太婆跳完了，她目光清澈，脸不红，心不跳。

“我也想学这种舞。”麻哥儿不好意思地说。

“不用学，你在这里住久了，自然就会跳了。你驼子舅舅比我跳得好。他呀，他正从郊区往回赶。我们这里是市中心，你听，汽车过去了。你还没见过汽车吧，你现在站到后门那里去，就可以看见。”

他、老太婆还有乌龟一齐来到后门。门一开，麻哥儿就看见那些庞然大物驶过来了，速度那么快，麻哥儿害怕地闭上了眼。过了一会儿，他鼓起勇气从眼缝里朝外看，他分明看到一个发出巨响的大东西从他头顶压下来，于是赶紧又闭眼，并且还摸索着退到了屋里。

“你要学着适应城里的生活。你看乌龟，它有多么镇定。”

“这些大汽车是怎么回事呢？”麻哥儿问。

“那都是些过去的影子。”

麻哥儿缩回里屋，老太婆也跟了过来。他们关上了两道门，还可以听到外面车辆发出的轰隆隆响声。麻哥儿想：“我先前怎么没听到汽车的声音呢？”那声音越来越紧逼，好像一座山在他头上崩溃了一样。他看见老太婆在张口说话，可是他听不到她的声音，她的声音完全被淹没了。老太婆一边说一边比画，眼珠都暴出来了，麻哥儿终于听清了一句。

“家的里面总是这样闹哄哄的。”

那么原先，他一直在家的外面？麻哥儿想不通。他想告诉老太婆他身上很臭，需要洗个澡，可是她似乎一点都不嫌弃，还凑到他身上来闻，脸上现出愉悦的表情。这时上方一声巨响，如一个炸雷，炸得小屋摇摇晃晃。然后就一切都静下来了。老太婆对麻哥儿说刚才是驼背舅舅回来了。

“他每次到家时，就点燃一枚爆竹，甩到屋顶上试探一下。他说回家是很可怕的一件事呢。我知道他的想法。我每次回家也试探，不过不是放鞭炮，而是让龟出来给我报信……龟啊龟！”

她轻轻抚摸着肩上的龟，很陶醉的样子。麻哥儿迷惑不解：老龟大部分时间待在村里的水塘边，怎么会又在这里给她报信呢？难道有两只一模一样的龟？他的目光投向龟时，就看见老龟在老太婆的抚摸之下通身都开始发亮了。一小会儿工夫，它就变成了一只发光的银龟，连伸出来的脖子都是银色的，麻哥儿从未见过这么好看的龟！

“你舅舅进屋了。”老太婆说。

麻哥儿就在农家小院住下来了。好几天过去了，他仍然没有看到城里的高楼和烟囱。站在院子里，只能看到平坦的荒地伸向远方。可是如果打开家里的后门，他就会产生无法控制的眩晕，因为有那么多的庞然大物朝他压过来，想躲都来不及，只能马上闭眼，闭得死死的，然后退回屋里，关上门。试了两次之后，他就知道了：后门是不能开的。

老太婆每天给麻哥儿炸油馃子吃，可就是不安排他洗澡。麻哥儿偷偷钻进厨房舀了几瓢冷水将身上冲了一遍，可是因为还得穿脏衣服，就还是很臭。他只好闻着身上的臭味度日。

舅舅回来过，是在半夜，那时麻哥儿睡得正香呢。他一早又走了，老太婆说他是到市中心去了。“今天他要在那个贸易中心同你爹爹见面。”老太婆交给他一布袋东西，说是舅舅给他的。布袋提在手里沉甸甸的，麻哥儿的心怦怦地跳起来了。他迫不及待地将里面的东西倒出来。那只不过是一些普通的油石，到处都有的，油石有大有小，实在没什么特殊之处。可是老太婆显得很激动，她说：

“二麻，你要用它们玩‘山和海’的游戏啊！这下好了！”

后来麻哥儿就坐下来同她玩“山和海”的游戏。一块大油石代表山，十粒细小的油石代表海。老太婆一边往地下摆那些石头，一边讲述游戏规则。规则似乎很复杂，麻哥儿一边记忆一边忘却。后来房里的地下全摆满了，麻哥儿还在山啊海啊地强记。他和老太婆一块儿站起来时，他感到自己脑海里一片空白，什么都没记住。老太婆也说这种游戏很少有人能学会。麻哥儿很沮丧，他想，舅舅当年送给他的玻璃珠应该也是用来做游戏的吧？那是什么样的游戏规则呢？

老太婆出去之后，麻哥儿就一个人蹲在地上摆弄那些油石，一边摆弄一边用力回忆。他零零碎碎地记起了老太婆的一些话，然后他自作聪明地将那些规则连缀起来。他一遍又一遍地重复。

中途他也曾停下来吃过饭，做过些其他事，可是他的心思，现在是全部系在这个游戏上头了。

“二麻，你在家时每餐吃些什么菜？”老太婆问他时脸上显出企盼的表情。

“山和海。”

“你到这里来，一路上经过了些什么地方？”

“山和海。”

老太婆笑起来，露出一口年轻结实的白牙。麻哥儿抬起头来，看见通体银光的老乌龟在屋梁上一动不动。

都市里的村庄

娄伯居住的小区有个好听的名字，叫“都市里的村庄”。那天刚好停电，我爬了二十四层楼梯才来到娄伯所在的顶层小阁楼。我站在门口，隐隐地感到腿部的顽疾又要复发了。真倒霉，我为什么非要在这个时候来找娄伯呢？当然是由于内心的难以忍受的恐慌。是这样的，好些天来，我每天早上一醒来就有异样的感觉，因为我摸不到自己的脸了。我将手伸向脸所在的地方，却只摸到自己的头发，我的头发也比平时粗糙，甚至扎得手很痛。要过一会儿，待我拿来小镜子照一照，我的脸才会恢复。那么，在照镜子之前这一小段时间里，我的脸到底是什么样的呢？我又将小镜子放在枕头下面，早上一睁眼就照镜子。奇怪，我看见镜子里面什么都没有，只有床头的木板。我再用手摸脸，还是只摸到粗糙的头发，头皮上还有一些粒状物，像黏在砂纸上面的粗沙。我将镜子拿开，等了一会儿再去看，这时就看到了自己的脸，并没有什么不正常。

从前住平房的时候，娄伯是我的隔壁邻居，我们已经很久没见面了，所以我现在站在他的门口有些踌躇。奇怪，这张门并没有关，我敲了好多下里面也没有人回答。我推门进去，看见娄伯端正地坐在窗前眺望远方。这些年，娄伯并没有见老，虽然七十多岁了，头发还是乌黑的。房里打扫得很干净，陈设很简单，一张床、一个衣柜、一张饭桌、几把椅子而已。灶具放在斜屋顶的尽头，那里有个玻璃窗，一边做饭一边还可以看到城市的风景。灶上放着几株大葱，灶旁是一小竹篮鸡蛋。看来老头的日子过得很满足。这间阁楼房比较大，窗户也很多，南边北边东边都有窗户，住在里面就像住在玻璃温室里头。太阳已经升起老高了，房里给人燥热的感觉。然而娄伯是那么平静，我真羡慕他。

“您在观察我们的城市吗，娄伯？”

“不，我在等一个人。”

怪事，他早就知道是我来了。也许他是从窗口看见我进了小区吧。他等的不是我，那么是谁？众所周知，他很久前就不同人来往了，比如我，就是他主动同我疏远的，那是十多年以前的事了。而现在，他在等一个人！我来得真不是时候，我该不该告辞呢？

“娄伯，我走了，下次再来。”

“不，刺猬，你也同我一起等吧。你看太阳多么好。”

我吃了一惊，因为刺猬就是我死去的弟弟啊。我在房里站了这么久，他还一次都没有朝我看一眼呢。我顺着娄伯的视线望出去，我看到了远方的自来水塔，还有邮政大楼和税务大楼，以及大楼再过去，隐藏在薄薄的雾气里头的郊区采石场。我眨了眨眼，眼前忽然成了一片白茫茫，再用力看，还是白茫茫，于是我心底又升起早上有过的那种焦虑。

“娄伯，我不是刺猬，我是狗仔啊。以前天天同您在小河里捞鱼的狗仔啊。当然,这些年我堕落得很厉害……”我胡说八道起来。

“狗仔？狗仔不就是刺猬吗？”

娄伯还是没有看我一眼。他看见了什么呢？我很苦恼，因为我什么都看不见。我膝盖那里像在被小动物的利齿咬啮，我在椅子上坐下了。娄伯终于向我转过身来了,这下我才看清了他的脸。这张棕色的脸膛不仅没有老，反而还比过去年轻了，从前额头上的那些皱纹也不知跑到哪里去了。只是有一点令我感到不太舒服：他的目光闪烁不定。从前，他是个目光专注的人。

“他已经来了。”娄伯说，随即显出心满意足的样子。

“他是谁？”

娄伯没有回答，只是侧耳倾听。我也侧耳倾听，我听到了脚步声。那人的脚步声很怪，既没有越来越近，也没有越来越远。也就是说，他既不是上楼也不是下楼，他是在二十三楼到二十四楼之间上上下下。听了一会儿，那声音就停下来了。我想起身去门外看看，可是我的膝盖那里一阵钻心剧痛，痛得我额头上都冒出了冷汗。娄伯在问我：

“你想起来了吗？”

我不知道他问的是什么，我说不出话来，身上直冒汗。

娄伯忽然爬上了窗台，骑在窗台上，一条腿在半空里划来划去的。

“你用力咬咬牙就不痛了。从前在湖里，很多鳄鱼来咬我的腿，我一咬牙它们就游开了。我住的这间房和湖是相通的。你想起来了吗？”

当我咬紧牙关时，疼痛果然就减轻了。在这个“湖”里，这个望出去什么都看不清的阁楼房里，我想起了什么？我想起了儿时遗失的那副扑克牌。那是我精心保管的一副牌，上了蜡的上乘货色。那天下午房里有四个人，到底是谁偷了扑克牌？这是个可怕的问题。还有就是，那天下午的暴雨把家里的地板淹了，短时间城里一片白茫茫的，那究竟是雨水还是湖水？

“我看你有点记起来了，对吧？”

娄伯高兴地从窗台上跳下来。他多么矫健，简直像三十岁的人，我回答说我是记起了一件事。不过我不明白他提问的用意。房里更热了，大概因为太阳升高了吧。娄伯轻轻地走到门口，向外看了一看，然后走回来对我说，那个人下去了。他还说他每天过得都很揪心，因为每天都在等他来，他呢，有时来，有时不来，完全没有规律。“他是我乡下的侄儿。”

我看着南边的大玻璃窗，我看到了太阳。太阳像金属薄片切成的圆，白色的圆，没有刺眼的光，孤零零地挂在茫茫的空中。那么，这房内的燥热难道不是来自太阳？我在流汗，我用衣袖擦着脸上的汗，我很想站起来，可是我的腿不争气。再看看娄伯，他说他的日子过得“揪心”，可是他在这个蒸笼里头一点都不感到热，他的脸上也没有汗，他的样子又清新又有活力。

“娄伯，您的这位亲戚，他为什么不进屋来呢？”

“他不能。他太难看了。”

“啊，还有这样的事！”

娄伯又坐到了窗台上，这回是两条腿都在空中晃荡。我看了有点害怕，他却很自如，就好像窗外是湖水，他可以游过去一样。

我仍然可以听得到楼梯上的脚步声，我觉得他那位丑陋的亲戚并没有离开。这样一位丑得不能见人的亲戚，娄伯为什么每天等他？既然他丑得不能见人，娄伯又为什么坚持要我待在屋里同他一块等他？娄伯啊娄伯，十几年不见，他变成一位谜一样的老人了。

我接过他递来的毛巾擦了脸，脑子变得清醒一点了。我使劲一咬牙站了起来，忍住钻心的疼痛走到门口，双手扶住门框。啊，楼梯不见了！我们所在的二十四楼悬在空中，下面什么都没有！电梯房还在对面，可是里面还会有电梯吗？娄伯说话的声音顺着一股风传过来：

“你可不要到处乱看啊。这楼里东西太多了，东看西看把你的眼都看花。你要坐在房里多听一听。”

我一瘸一瘸地退回房里坐下，心里涌出一股伤感的情绪。我不记得有多少年了，我一直想从家里出走，我想去西山的寺院里学武术，过一种清苦的有意义的生活。一年又一年地过去，我始终未能实现我的夙愿（因为路途遥远，因为对自己没有把握，也因为对家人的感情）。从小我就羡慕那些飞檐走壁的强盗，盼望自己有一天能够拥有他们的本领。后来我又听说那种本领被称作“武术”，于是日日盼望有人教我武术。可是要学武术就得去西山，而西山，远得就像天边，就是坐火车都得四天四夜。而且那是一座草木不生的石头山，仅有一条隐蔽的小路可以通到山顶的寺院。我的一个表兄也想学武术，他去了西山，后来又回来了。他说他在那山下转悠了一个星期，始终找不到那条上山的小路。他看见有人在半山腰出现，也看见有人从山里出来，可就是没法找到那条路。后来他就死了学武术的心。我也在几年前死了这条心，因为我的腿坏了。腿是无缘无故地坏的，不是关节炎也不是风湿，莫名其妙地就痛起来，而且越来越不灵便。

坐在这烘房似的房间里，流着汗，我闭眼想着一些遥远的事。每次我想着这一类事，我的腿就会舒服一些。当然，我也在听。那人的脚步声清晰而沉着，他会不会是从西山来的少林武术弟子呢？我一兴奋就睁开了眼，我想问问娄伯。啊，娄伯已经不在窗台上了，也不在房里，他下楼去了吗？我没听到他下楼。那么他是从窗口游出去了？我又到门口去张望，我看到的仍然是悬置的景象。我小心翼翼地向前迈了几步，立刻就吓坏了，我匍匐在地。我是没有勇气朝半空中迈出脚步的，即使我学了少林功夫恐怕也不敢。太危险了，我必须赶快回房里去。我爬回了房里，站起来，拍打着衣服上的灰。想想看吧，这楼有二十四层高啊。我听着那人的脚步声，心里越来越想同他见面了。长得难看，就不能见人吗？这太没有道理了，娄伯竟会说出这样的话来。

“娄伯！娄伯！”我喊道。

隔了一会儿，我听到有一个微弱的声音在回答我。那声音仿佛是从某条隧道传到房门口那里。“不要喊……不要……”

那绝对不是娄伯的声音，也许是他的乡下侄儿在回答？

“娄伯！”我又喊。

“不要喊……危险……”

那人是在楼梯那里，也就是说，他在半空。从他的声音听起来他太像悬在半空了。我不忍再喊，因为怕他掉下去。也许面临危险的不是他，是我，他在说我要遭到危险？我是不敢再喊了。这里是娄伯的家，他终究要回来的，可能他不过是下楼买菜购物去了。今天天气很好，太阳大，所以房里有点燥热，我不应该因此就大惊小怪起来。想到门外有个人悬在半空，我流汗流得更厉害了，衣裤都贴在我身上，很难受。既然外面没什么可看的，为消磨时间，我就用目光细细打量房里的家具吧。我从娄伯的木床开始。

娄伯枕头那里除了放着一个手电筒之外，还放着一副扑克牌！那副牌很眼熟，简直就和我从前遗失的那副一模一样。我在衣服上擦了擦出汗的手，走过去将扑克牌拿起来。我的手抖得厉害，我的记忆一下又回到了那天下午。啊，我想起来了，是娄伯干的！那个站在蚊帐后面阴影里的、穿胶鞋的老男人，不是他又是谁？他拿走了我心爱的扑克牌！这么多年都过去了，我一点都没怀疑到他身上去，因为我认为他是个严肃的人，不会对这种娱乐品发生兴趣。这副牌有点发黄了，散发着过去年代的气息。现在已经很难找到这种款式的扑克牌了，多么朴素，令人遐想联翩。看，在这个小王的头上，我还用圆珠笔做了一个不显眼的记号呢，那时我就怕别人偷走它。娄伯啊娄伯，你是怎么回事呢？

我将扑克牌放回枕头边，我的心里不像刚才那么躁动了，也不再流汗了。我鼓起勇气再看窗外，天空虽然还是白茫茫的，但是太阳已经恢复了正常的样子。不知怎么，我心里觉得某件事已经发生过了，所以焦虑也莫名其妙地减轻了。既然十几年前就发生过那种事，那么现在发生的事也一定有它的理由了。我只应该等待，不应该没来由地着急。听，脚步还在响呢，那位来自乡下的、无法同我见面的侄儿，他多么镇定啊。他现在居然已经上来了，真的，他就站在门口，他跺着脚，跺去鞋底的泥土，他马上要进来了。我走过去拉开门。

是娄伯。娄伯买了菜回来。他放下手里的菜，忽然瞥了一眼床上的扑克牌，会心地一笑，说道：

“你看见了啊，那可是我从前收藏的古董呢！我的侄儿已经走了。”

娄伯又变成从前的那个娄伯了，他欢欢喜喜地在煤气炉上做饭，一边还同我说些小区里头发生的逸事。我走过去帮娄伯洗菜，我打开自来水龙头，立刻就有溜溜滑滑的小动物流到水槽里，我还没来得及看清它们，它们就进了下水管。我瞪着那几株芹菜，满心都是懊恼。娄伯在我身后笑了起来。

“我这个小区是‘都市里的村庄’嘛。小鱼儿啊，蝌蚪啊，到处都是，也有蚂蟥和血吸虫。我们早就习惯了。”

自来水发浑，还有泥腥的味道，难道这水不是来自水厂，却是来自乡下的水沟？真是一个奇怪的小区。我记起我早上进来时，小区里一个人都没有，似乎是，人人都待在自己家里。从十多年前开始，娄伯就不愿同人们来往了，他如愿地搬到这里，同我们大家隔离起来。然而我发现这些年里，他同我们的关系仍然是很密切的。我拿不出证据证明这一点，但这个房间里的氛围、种种奇怪的现象，无不向我提示着娄伯对我们的关注。也许这种关注不那么令人愉快，有时还有种阴森的意味，可我无法否认它的存在。我此刻观察着他熟练地烧菜的样子，脑海里出现的却是多年前地上的那双解放牌胶鞋。我得出一个吓人的结论：娄伯无处不在！

我洗好了菜，娄伯叫我坐下来休息。我刚一落座，就听到了楼梯间的脚步。原来那侄儿还没走啊。

"是谁在那里上楼？"我问。

"还能是谁，你都认识的嘛，不信你去看看。总是这样，他们都想来我这里，可又没有勇气。你算是一个有勇气的吧。刺猬啊，你去门口看看吧。"

我再次来到楼梯口，这时右边的电梯正好下去了，也许那个人乘电梯走了。不，楼梯那里还有一个人，他是我以前的同学，常来玩扑克牌的那一个，我们很久没来往了。他有点慌张，连忙快步下去了。我有点明白了——大概总有人在这楼梯间上上下下，或许他们是拿不定主意，或许他们是喜爱这项活动。先前听到的那一个一定不是拿不定主意，因为他的脚步声那么镇定。他们是否也会处于悬置的恐怖中？

我们坐下来吃饭时，房门那里出现了一张脸。那是一位农民模样的人，大约三四十岁的粗汉。娄伯说他就是侄儿。我好奇地想将他看个清楚，他却又转身下楼去了。我心里想，这个人并不丑啊，很一般的长相嘛，这种样子的农民到处都可以碰到啊。可是娄伯非要说，他侄儿之所以不进房，是因为“羞愧难当”。我说我一点都不觉得他难看，娄伯就说，他的亲戚用不着别人来觉得他难看还是不难看，他的亲戚有自知之明。这个侄儿，他看着他从小长到大，难道还会弄错吗？

我的脑海里闪过一道光，我鼓起勇气问道：

“那么娄伯您，当年也是因为同样的原因同我们大家疏远的吗？”

娄伯不置可否地从鼻子里“哼”了一声。这时侄儿又出现在房门那里了，还笑着，露出一口白生生的牙齿。我想过去同他打招呼，他却又跑掉了。我告诉娄伯我早上醒来摸不到自己的脸的事，娄伯认真地听着，不住地点头。不知怎么，在这个看不见周围景色的半空里，我的叙述一下子变得没有把握了。我是在讲一件真事，还是在编造一个故事呢？我一早拖着病腿，爬到这位十几年不见面的娄伯家里来，就是为了向他讲这件事，这应该是千真万确的吧？来小区的途中我还换乘了两路公共汽车呢。娄伯听我说完后，将目光移向空中，干巴巴地说：

“你需要锻炼。”

“怎么锻炼啊？”我着急地问。

“将镜子放在枕头下，每天早上拿出来照，养成习惯就好了。”

“可是我一点都不愿照，您不知道，那种感觉难受死了。”

“那就不要照。”

我没想到娄伯会这样不负责任地回答我。他从前是一位体贴别人的老人，我们大家遇到窝心的事都爱去找他诉苦。他呢，不但仔细倾听，还给我们出主意。

饭吃完了，茶也喝过了，我站起来想告辞，娄伯却将我按在椅子上，说：

“等一会儿有暴雨，你现在出去会淋得一身透湿。”

我指着窗外说:“天气很好啊。”但娄伯还是摇着头说，如果我现在就走的话，明天早上我会更难受，因为我的思想还没通嘛。的确，我没能从娄伯这里获得力量来缓解我心里面的危机。我该怎么办啊?

这时娄伯问我愿不愿意同他一道骑在窗台上观景，还说这种活动是他这辈子最大的享受，他说着就骑上去了，将一边身子尽量向外悬空，做出游泳的动作。我看得胆战心惊，我不敢上去，太危险了。再说，我还是生平第一次来到这么高的处所，而窗外天空的光线又是这么的刺眼。我站在那里犹豫的时候，侄儿已经悄悄地进来了，他轻轻地对我说:“我真想一把将我叔叔推下去啊。可是我又没有那么大的力气，我……我是个废物！”他往地上一坐，苦恼地用双手抱住自己的头。这个侄儿大概和我年龄差不多，头发却已经全白了。他的身上散发水稻禾苗的气味，使我一下子就对他生出了好感。但是我完全摸不透这个怪人的心思，他居然想将他叔叔从二十四层楼上推下去！这个念头也许一直在折磨着他。侄儿在大声地叹气，娄伯呢，口里发出"嗨嗨"的声音，像要从窗口飞出去一样。看起来，娄伯真是满怀喜悦！

一会儿我就听到了雨在空中发出的轻微的声音，我闻到了雨的气味，但我看不见雨。我朝窗外伸出手，却没有雨落在手上。侄儿也在张着鼻孔嗅雨的味道，他的情绪变得好起来了，他站起来，拍了拍身上的灰，一边朝门外走一边说：

"今天过得很愉快！"

他离开后，娄伯就从窗台上下来了。老人显得精神抖擞。外面还是传来雨声，不是雨落在屋顶的声音，而是它们在空中发出的声音，要静下心来听才听得见，像飞蛾翅膀扇动的声音一样。我看见娄伯的一边身子湿透了，他正在换掉湿衣服，用干毛巾擦头发。我因为心中疑惑，又将手臂伸到窗外，但我的手还是没触到雨。

"你这个时候下楼去，就会被淋成落汤鸡！"娄伯说。

"那么侄儿呢，他不怕淋雨吗？"

"他呀，就盼着这种事。他从乡下来城里有两年了，住在地下室里。你也看到了，他过得很快活……如果不是因为长得丑，他可是个无法无天的家伙。”

“可是他并不丑啊。”

“那是因为你没有看清楚。”

虽然我看不见雨，但我可以感到屋里已经变得凉爽了。娄伯让我同他一道去楼梯间“散步”，他说等我们散完步，雨就停了。

这下我的脚踏踏实实地踩在楼梯上了，先前的悬空幻象全部消失了。娄伯却好像害怕我跌跤一样，紧紧地挽着我的手臂。他说他时常“一脚踏空”，因为这种楼梯很阴险。娄伯下楼的时候，精神亢奋起来，他开始向我说起十几年前的事。我也很激动，我正要同他叙旧，突然发现他说的那些事我全都不知道。比如他说我们家门口是一个动物园，动物园里头逃出来的豹子在街上来来往往；他说有一天他去钓鱼，钓上来一个人头，是一桩谋杀案；他说有一个马戏团到城里来演出，演员都是一些间谍，身负盗取国家机密的重任；他还说有一天，我出去钓鱼忘了锁家里的门，结果小偷将我家的一件无价之宝偷走了，那是一个石砚，从古代传下来的。他说呀说呀，我们不知走了多久，楼梯下面还有楼梯，我们走到哪里去了呢？我们已经走出“都市里的村庄”，到了地底下吗？我没有问娄伯这个问题，我怕打断他的故事，这些故事都是我最想听的。有时候，我和娄伯走下一层楼，我注意到一户人家的门没有关，我往里面看，看见那家人围着一张圆桌在举行什么仪式呢。我没来得及看清就下去了。后来我又在第二家、第三家、第四家看到同样的情况。娄伯说这栋楼里的人都是些高尚的人，如果我常来这里的话，就会发现这一点。

"刺猬啊，你一来我就开始自责了。我想，这些年让你流落在外，该有多么寂寞啊。刺猬啊，你不会埋怨我吧？我这也是为了你好啊。"

我对娄伯说，我一点都不埋怨他。尽管我和他这么久没见面，我在心底一直是将他当作依靠的，我现在来找他这件事本身就证明了这个。这个世界上，除了娄伯，我没有其他的真正的亲人了。娄伯一边听一边点头，有时又摇摇头，不知道他是赞成我呢还是不赞成我。忽然他一把推开我，生气地说：

"你这家伙，还是寄生虫的本性不改！你想吃我一辈子啊。你听，外面雨已经停了，你该回家了。我嘛，我要到这一家去坐一坐。"

他说着就撇开我去了右边那一家。我还听见他将门从里头闩上了。

我一个人被留在楼梯上了。我已经往下走了七八十层楼，怎么下面还是不见底呢？因为害怕，我便转过身来往上爬。我想，我的腿真为我争气，一点毛病都没有了。我还从未像现在这样身手矫健呢！我在寂静中爬啊爬啊，从前那个下午的情景不断闪现在我的脑海里，始终是那间阴暗的偏房，始终是那四个小朋友，那副扑克牌放在一张方凳上，我们四个人围着方凳，外面在下雨，娄伯的身影从蚊帐后面闪出来，消失在门外……

最后我没有找到出口，却回到了娄伯的家。侄儿站在门口迎接我。

“刺猬散步归来了啊，心情一定很愉快吧？”

“不，我心里有点郁闷，我想回自己的家。”

我一边说一边吃惊：我怎么变成“刺猬”了？那是我的孪生弟弟啊。从前住在平房的时候，我俩形影不离，那副扑克牌就是弟弟积攒了我俩的零用钱买的，他是个有心思的男孩。这些年我觉得自己差不多从那件事的阴影中摆脱出来了，没想到娄伯和他侄儿都把我当成他。

“你已经出走了十四年，晚一点回去又有什么关系呢？”

啊，他还是将我当成刺猬！

“我是狗仔啊。”

“我们知道你是狗仔。”

他说这句话时我突然发现他的脸变得很可怕，正如麻风病人的脸。我看见他做出要朝我扑过来的样子，就连忙转身跑。我跑到电梯那里，电梯的门自动开了，里头空空的，我关上门，赶快按下一楼的键。电梯速度很慢，摇摇晃晃地终于停下了，门一开我就向外飞跑。太阳很亮，刺得我睁不开眼，经过门卫时我听到那中年人在大声说：

“这不是老秦家的刺猬吗？这小子怎么跑到我们‘都市里的村庄’来了啊？”

其他人便哈哈大笑起来。我红着脸，不知道他们为什么笑。

我走到大街上，回过头来看“都市里的村庄”。娄伯和侄儿站在大门口朝我挥手，他俩看上去很留恋我，可是我一想起侄儿那张隐藏的丑脸就发抖。来往的车辆遮住了他们的身影，我继续往前走。我走了好久，那三栋二十四层的高楼居民屋仍然在我身后，我只要一回转身就看见了，离得那么近，我甚至可以看到娄伯的小房间呢。我加快步子，但过了一会儿又忍不住往回看。啊，娄伯的窗口伸出了竹竿！他在玩什么游戏？他是在向我打招呼吗？我挥了挥手，继续赶路。

我坐在公共汽车的座位上，听到了下面的对话：

“这雨下得够大，哪一年下过这么大的雨？你那边塘里的蝌蚪全游到我这边来了……”

“是下得很大啊，欢迎我们回家嘛。”

“你出来的时候将扑克牌收好了吗？”

“有人替我收着呢，丢得了吗？”

我睁开眼，看见面前站着两个农民模样的人，可是他们并不像刚才谈过话的样子。见我盯着他们看，他们就很不高兴。我连忙移开目光。

我转了一路车，回到家。我进屋的第一件事就是去看枕头下面的小镜子还在不在。镜子好好地躺在那里。我对着镜子照了好几次，并无异样。

我坐在桌前回忆今天的奇遇，感到自己内心生出了一种充实的情绪。也许，我该时常去拜访娄伯了，是时候了。“都市里的村庄”，令人遐想联翩的地名啊。

红叶

晨曦刚刚从病房的窗户透进来，辜老师闭眼躺在病床上。清洁工在房里洒来苏水，她今天来得特别早，就好像她不是来打扫卫生，而是来搅扰他的一样。辜老师知道自己没法入眠了，他的思维在浓重的来苏水味儿里头变得活跃起来。每次他都这样。有一片红叶，在他的思维的森林的上空缓缓地飘荡。但他的落叶乔木全是光秃秃的，因为已经是冬天了啊。好些天来，辜老师一直在思考一个问题：枫叶是从叶柄那里变红，然后才慢慢蔓延到整个叶面呢，还是整个叶面逐渐由浅红变深红？辜老师生病以前没有观察过这件事，也许是因为每年他都错过机会了吧。他的家门口就是那片山坡，山坡上长着那片枫林。他是生了病之后才搬到那里去住的。

清洁工出去之后，辜老师就将双腿曲起来，用手掌轻轻地按摩着鼓胀的肚子。他想：病入膏肓之际就是身体内部最为活跃之时吗？比如他那多病的肝，应该就是这种情况吧。他住的这个大病房夜里发生了惨剧，有一个晚期病人咆哮着冲到阳台上，立刻就跳下去了。那人跳下去之后，病房里死一般的寂静，似乎所有的人都躺在床上不敢出声。难道是因为死了人，清洁工才这么早来洒来苏水？他觉得这样做毫无道理，那个人并不是因为病情恶化疼痛难忍才自杀的，他知道他经过化疗之后病情正在好转，明天就要搬出他们的重症病房了。谁知道他会来这一手啊，这位老兄真善于别出心裁。

经过了漫长的住院生活之后，辜老师对自己的状况越来越满意了。私下里他甚至用“魅力”这个词来形容医院。他是一名沉默的病人，被人们在几栋用走廊连接的白色建筑内搬来搬去。其实他自己完全可以慢慢步行，可是那些医生非要他坐轮椅不可。他坐在轮椅上，一名大汉小心翼翼地推着他去诊疗室，辜老师觉得他是在防止自己逃跑。起初他感到一切都很蹊跷，后来就适应了，也有些明白了。到再次坐轮椅时，他就想象自己是一名将军，在尸横遍野的战场上从容地巡视。

他正闭目养神，突然听见那清洁工说：“他啊，是喊着辜老师的名字跳下去的。”他一睁眼，看见清洁工转背出门去了。她的话令辜老师有点兴奋。不知怎么，他的听觉也一下子敏锐到了极点，他又一次听到顶楼那两个人说话，他们正在往下走，一边走一边在争论着什么。那两个人从九楼下到七楼，然后再下到六楼，声音越来越大，像在吵架。他们在六楼停下了，吵架变成了商量，声音小了下去，在辜老师听来就像是两只猫在轻轻地叫。辜老师的病房在五楼，那两个人只要再下一层楼就到了他病房门口，但他们没有这样做，他们站在那上面有说不完的话。而且他们的语言在辜老师听来也完全变了形，越听越像猫叫。辜老师的脑海里一下子出现“猫人”这个词，他甚至设想，这个医院里有好多“猫人”，他们躲在黑暗的角落里，有时候也会出来诉说他们的寂寞，就像现在这样。他的肚子的右边跳了几跳，他听到里头的腹水叮咚作响。他闭上眼，又看到了那片红叶，红叶的边缘变厚了，充满了奇异的肉感。辜老师感到自己的头颅里有个东西一闪一闪的。“猫人”中的一个突然发出一声大叫，然后就听不到他们的声音了。房门被打开，送早餐的来了。

辜老师没有胃口，不想吃早饭。旁边的病人老雷劝他说：“还是吃一点吧，要是夜里再发生那种事的话，吃了东西就有底气。”老雷也是晚期病人，头发早掉光了，还有一两个月寿命。辜老师想了想，勉强喝了几口牛奶，用开水漱了漱口，忍住恶心又躺回床上。他瞥了一眼老雷，发现他居然在兴致勃勃地吃鸡蛋。这是怎么回事？这个人？他想同老雷谈谈“猫人”，可又觉得开口说话很费力。夜里那个曾会计为什么要喊着他的名字跳下去呢？简直有点像耍猴把戏嘛。他想到这里就下意识地举起一只手来，却听见老雷在说：

“辜老师，你不要用手去挡，你让它落在你脸上，说不定有催眠作用呢。”

“什么？！”他大吃一惊。

“我说的是这片小树叶啊。你看，落在你被子上头了，哈！”

他的被子上真的有一片枯叶，是从窗口进来的。枯叶被他轻轻一捻，就成了粉末。他拍了几下手，用手帕将手擦干净。他半闭着眼靠在枕头上，听到查房的医生们进来了。医生们在询问老雷，老雷显得反常的高兴，高声大气地回答问题。他宣称自己“已经战胜了疾病”。这时辜老师从眼缝里瞥了一眼主任医生，发现那医生正厌恶地皱紧了眉头。辜老师想：“老雷的末日快到了，也许就在今天夜里？”老雷忽然“哎哟”了一声，辜老师的眼睛全睁开了。

他看见几位医生一齐将老雷按在床上，他激烈地反抗，但还是被他们用结实的带子绑在床上了。他的喉咙里不住地发出吼声，眼珠鼓得像要跳出眼眶一样。医生们都掏出手帕来擦汗，显出松了一口气的样子。不知为什么，他们没有来辜老师这里，却转到西头的那两个病床去了。他们在那里询问了一会儿之后，就离开了病房。这反常的举动使得辜老师的脑袋里一阵一阵地发紧，一阵一阵地出现空白。旁边的老雷隔一会儿又吐出一口鲜血，都吐在自己脸上，然后又流到枕头上，他头部那里一片殷红。他不再挣扎，也不可能挣扎了，现在他唯一能做的动作就是嘴、眼睛和鼻子的动作了。不，还有耳朵呢，辜老师发现他的耳朵在扇动，就像动物一样可爱。

“老雷啊，我们都将心放宽吧。”辜老师没话找话地说。

“你这个——傻瓜！”他说。

辜老师沉默了，他的肚子的右边又在跳动，他拍了拍那个地方，那里跳荡得更活跃了。他的身体开始发热，因为空中有一股一股的热浪涌过来。在房间的西头，那一男一女两个病友在切磋墓地预定的事宜，他们那种一丝不苟的认真态度令辜老师背上发冷。他身上就这样一块热一块冷的，他用手摸着那些地方，轻轻地说：“这真不像我自己的身体。”他在心里计划着过一会儿就溜出去，去找一找那些“猫人”。平时他是不敢出病房的，因为他一旦走出门，这个老雷就会拉响警铃，护士们就会跑过来将他团团围住。

辜老师悄悄地下了床，沿着墙溜出了门。在门口他还回头看了一下，看见老雷正对他怒目而视。他忽然感到有些好笑，差点笑出了声。走廊里这个时候居然空无一人，他溜到楼梯口那里轻手轻脚地上楼。爬楼梯时，他用双手捧着大肚子，将自己想象成一只袋鼠。

爬到六楼时，他就听到了那种“猫语”。可是“猫人”们在哪里呢？六楼的走廊里除了两名护士在送药之外，并没有别人。辜老师休息了一下，继续往上爬。七楼那里有位送开水的工人推着小车过来了。他将车子停在走廊边，自己坐到楼梯上来抽烟。辜老师想，他怎么可以在病房区抽烟呢？那人拍了拍自己身旁的地面，邀请辜老师也坐下来抽一根。辜老师好奇地接了他的烟，又同他对了火，就抽起来了。烟很呛人，辜老师从未见过这种牌子的纸烟，好像是他自制的。这时他才看清他的烟盒是一个塑料盒子。

“你还会自己卷烟啊。”辜老师赞赏地说。

“我们好几个兄弟……我们有工具……”他含含糊糊地回答。

辜老师抽完一根烟，谢了工人，站起来正要继续爬楼，忽然听到身旁的工人发出一声猫叫，非常刺耳。可是他一观察他呢，又见他若无其事的样子。这里没别人，不是他叫还有谁呢？辜老师改了主意，他想看看这个人还有些什么其他的动作。

他又等了一会儿，工人却并没有动作，只是将烟蒂放到衣袋里，起身回到开水车那里，推着车子进病房去了。辜老师下意识地伸手到自己口袋里拿出那截抽剩的烟蒂来看，并未发现什么异常。他于神思恍惚中将烟蒂捻碎了，居然看见有一只甲壳虫在烟丝中动弹着。甲壳虫的小半截身子已经被烧焦了，可是仍然显出不想死的样子，辜老师一阵恶心，烟蒂掉到了地上。他头也不回地继续往八楼爬。

八楼的走廊里人很多，那里显得很忙乱，也许又有人病情恶化了，一台仪器被推进了病房。辜老师休息了一下，又往九楼，也就是顶楼爬去。

快到九楼了，他一抬头，吓了一跳，差点从楼梯上掉下去了。一个全身穿黑的人站在那里，脸上戴着一个花脸的面具。他像是在专门等候辜老师一样。

“辜老师好！”他大声说，声音像破锣一样刺耳。

辜老师坐在地上喘气，说不出话来了。他突然觉得累，肚子也疼起来了。看来九楼没住病人，所以走廊里空空的。辜老师想，“猫人”在哪个房间里呢？这个花脸也是“猫人”吗？

“我是您的学生啊！”花脸又说，还是叫叫嚷嚷的，“我是当年跳进冰河救人的小菊啊，您都忘了吗？”

“你是小菊？你取下面具让我瞧瞧。却原来你并没有失踪！”

他取下了面具，辜老师看见一张陌生的中年人的白脸。这个人怎么会是跳进冰河失踪了的小菊呢？那可是个热情的助人为乐的小孩啊。这位中年人的眼睛有毛病，上面长着一层膜，可能是严重的白内障。然而不管怎样，遇见了旧日喜爱的学生，辜老师心里隐隐有些激动。

“这些年我都在找您，不久前才碰到一位知情人，他说您躲到这里来了。这个地方真隐蔽！”

小菊说了这些话之后，就来搀扶辜老师，说要同他去房间里面说说话。他们一块走进一间病房，在病床上坐了下来。房里的窗帘都垂着，显得很昏暗。辜老师被床上腾起的灰弄得咳起嗽来。辜老师纳闷地想，这里有多久没住过人了啊？小菊坐在他对面的床上，辜老师抬眼打量他，觉得这位中年人变成了一片薄薄的影子。辜老师看见他扭动着躺下去了，他将蒙灰的被子掀起来，盖在身上。辜老师又一阵猛咳。

“真幸福啊。”他说，“和敬爱的老师待在一个房间里了。请您坐到我床上来，将您的手放到我额头上好吗？我一直在梦想这件事呢。”

辜老师将右手往小菊额头上一放，自己的全身就像通了电一样战栗起来了。他明白了，这个人真的是小菊！

那时他同他追随着那片红叶，一边谈话一边走到了悬崖上，从悬崖上朝下看，他们的那所中学就如同几个黑色的树疤。就是在那一天，辜老师对小菊谈到了自己的隐疾。

有人在门上敲了几下，辜老师想要起身去开门，小菊拉住了他。

“会是谁呢？”辜老师说。

“不要理。是那伙医生，他们敲几下，确定这房里没人，然后就走了。”

辜老师果然听到了好几个人的脚步声，他们正在下楼。

“你躺在这灰堆里不难受吗？”辜老师问小菊。

“这里多么好啊，辜老师！您再将手在我额头上放一刻好吗？啊，太感谢了，多么宁静，三只芦花鸡跑过来了。”

辜老师竭力想回忆起那次谈话的内容，他终于记起来，小菊当时也透露了自己的隐疾。他告诉他说，他从一出生左胸那里就有一个洞，心脏从那个洞里露出来，他自己都能看到它的搏动。平时他都是用纱布将洞掩盖，再贴上胶布固定。他对辜老师说，他觉得自己的这个缺陷并无大碍。他还天真地补充了一句：“您看，我不是活得好好的吗？”后来就发生了救人的事。他跳进冰河再也没有出来。那么，莫非他到医院来只是个借口，真实原因是因为他的生命也到了尽头吗？

“我住在枫林边上的时候，你在哪里呢？小菊？”

“我？我就在林子里头啊，辜老师！”

小菊建议辜老师也躺下，辜老师心一动就接受了。当他盖上蒙灰的棉被时，心里头竟萌生出一丝惬意来。他听到了五楼自己那间病房里发出的声响，是一群医生和护士在那里头找东西。啊，原来他们是在找老雷呢！他们说，被绑在病床上的老雷不见了。不光这样，老雷这家伙还搞恶作剧，将一只小猪绑在床上了。他真是个可怕的人！辜老师听到了医生们的议论，也听到了五楼走廊里传出的猫叫声。那猫叫声熟悉极了，辜老师觉得那是一个“猫人”发出的，那“猫人”同他朝夕相处。莫非老雷就是一个“猫人”？抑或是“猫人”们将老雷解救出去了？辜老师环视这间大病房，对这里的清冷感到吃惊。他在下面的时候，总认为顶楼是非常热闹的，那些“猫人”更有可能是躲在这上面。有一回，他坐在轮椅里头，护工将他送上了九楼的平台，当时他还以为自己的末日到了呢。那名大汉将轮椅绕平台转了一圈，让他看下面，他看了几眼，满眼都是浑浊的浪涛。后来他又听到楼里面到处是各式各样的尖叫声，仿佛世界的末日到来了一样。再后来，大汉就骂骂咧咧地将他推下了楼，推进了他的病房。那时病房里除了他还住着另外五个病人，他一进去，大家都恭恭敬敬地站在那里，用羡慕的眼光看着他。其中一位叫贝明的年轻人说："这就像中大奖啊！"在大家的恭维声中，他那一整天都飘飘然。

"辜老师，您看到我的面具了吗？"小菊在说话，"我一定是将它遗落在楼梯那里了。这一来，除了辜老师我不能再见别人了。"

辜老师想了好久，还是想不明白小菊为什么要戴着面具见人。他很想问问他失踪后的遭遇，可总感到开不了口。他觉得那就相当于问自己的学生："你死了之后，去了一些什么地方？见到一些什么稀奇事？"他的确开不了这个口。他将双手放在肚子上，一下一下地推动着肚子里的腹水，他的思绪飞到了患病的初期。那个时候，他有"心里的一块石头落了地"的感觉。他兴致勃勃地搬到枫林坡下，在那里度过了一段美好的日子。秋天里，那些红叶令他如醉如痴，他的情感从未像那个时候那么丰满，在激情高涨之际他甚至看见了鹰。秋天很长，他对自己说："秋天长得就像永生的岁月。"有时也有老朋友来拜访，不过都不是他想要见的人。那个时候，他想不出他想要见的人是谁，现在躺在这里才明白了，他一直想要见的人就是这位失踪了的学生啊。他想到这里时，他肚子里的腹水就发出好听的响声，一股欣慰的感情蔓延到全身。

辜老师听见他们正在将老雷绑在病床上的荷兰小猪

解下来，猪一被放下地，就飞快地蹿出了病房。那几位白大褂都面面相觑，有人轻轻地说：“真没想到啊。”辜老师想，也许他们早就想到了。像老雷这样的人，没有什么事可以难得倒他，连昨晚从窗口跳出去的那个人，平时都听老雷的指挥。

小菊在旁边的病床上睡着了，发出舒畅的鼾声。辜老师想，他的内心多么安宁啊，楼底下的喧闹根本就干扰不到他。辜老师很想了解一下小菊的病发展到什么程度了，他打算等他醒来就询问他。他可是亲眼看见小菊跳下冰河的，但他不会去问他他那被冰水浸泡过的心脏是如何复活的，他只想问他他现在的状况怎么样。他的脸从前就像石灰一样白，现在也还是那样，从外表没法判断他的病。他觉得小菊虽然样子变了，脾气还和从前一样平和。也许是因为他可以看见自己的心脏，所以他做事才那么有把握吧。看来即使是跳下冰河那件事，他也是很有把握的啊。

“小菊，我们明年一块去看红叶好吗？”辜老师朝空中说。

房门那里传出一声猫叫，是老雷在同人谈话。老雷果然是“猫人”啊。外面似乎有三个人，他们为什么不进来呢？五楼的那些白大褂也在往楼上走，但老雷他们一点都不将那些医生放在眼里，辜老师听到他们说医生是“废料”。

医生们上来之后，却并没有同老雷他们发生冲突。辜老师听见他们在一起密谋一件事，一件辜老师也非常熟悉、一度参与过，但又彻底忘记了的事。那是什么事呢?辜老师感到他缺乏用语言来表达那件事的能力。这伙人进了对面的病房，房门被关上，关门时夹着了荷兰小猪的腿，小猪发出惨叫，有人回转来将好奇的小猪放进去了。

辜老师在枕头下面摸到了一只手电筒，也许是先前的病人放在那里的吧。他感到一阵兴奋，立刻拿着手电筒走到小菊的床头。他看见他还在酣睡，便撩起他的被子去照他的胸口。被子下面的小菊赤裸着上半身，辜老师立刻就看到了他那搏动着的心脏。不知为什么，心脏的颜色竟是乳白色的，搏动起来也比常人的要缓慢得多。从洞里看进去，搏动的心脏忽上忽下地移动着位置，太奇妙了。

“辜老师，我的心脏变成这个样子了。”小菊睁开眼，抱歉似的说。

“小菊，你听到了对面病房里的秘密会议吗？那是在讨论什么呢？”

小菊将手电筒抓到自己手里，往门口照去，辜老师的目光也随着转向那里。一位医生站在那里了，他并不是管病房的医生，辜老师没见过他。医生用左手挡住手电的光，说：

“到了这里就好了，我们随时都可以抢救。”

他说完就走出去，将门在他背后关上了。小菊发出轻轻的笑声，他告诉辜老师说，这家医院“很有趣”。他将那件黑色的上装穿上，又戴上花脸的面具。辜老师问他面具在哪里找到的，他说根本没丢，他一直将它系在腰带上，后来就忘记了。他穿戴好之后，就对辜老师说想去对面“参加会议”，于是辜老师就同他一块过去了。辜老师的心在咚咚地跳，他有种真相就要大白的预感，他的双手都发抖了。

小菊戴着花脸的面具出现在房间里，所有的人都一式地向他转过脸来。房里的窗帘全部撩起来了，所以比较亮，辜老师看见他们当中既没有医生也没有老雷，他们是一群熟得不能再熟的亲戚朋友，但他叫不出他们当中任何一个人的名字。

有人推出一部轮椅，辜老师以为是给他坐的，没想到小菊抢先坐了上去。小菊坐在椅子里头，样子显得很陶醉，辜老师有点嫉妒他，因为轮椅通常是给他坐的。两名大汉推着小菊，辜老师以为他们要出门，赶紧让开。可是他们并不出门，只是推着轮椅在空空的病房里兜圈子。小菊的两只手在空中抓什么东西，他的神情很专注，围着他的人都在鼓励他。这时辜老师向窗外一瞥，便看到了红叶纷飞的壮观，他吃惊得坐到地上去了。冬天里哪来的红叶？阳光里，那些叶片像燃烧的火焰。

现在大家都跟在轮椅后面兜圈子了，辜老师排在最后面。人们的脚步声是整齐的，辜老师倾听着，他甚至感到大家的脚步是若有所思的。走着走着，辜老师就不再看窗外了，因为这个圈子里有一块阴影正在弥漫，他们大家正在随着这浓黑的阴影下沉。小菊终于用双手从空中捞到了什么东西，他摘下面具，将鼻子凑到那东西上头去闻。

“辜老师！辜老师！这就是它啊！”他似乎在哭。

“那是什么？孩子？”辜老师问。

“我跳进河里去捞取的东西啊！”

大家的脚步一下子就乱了。在浓黑的阴影里，辜老师既看不清这些人的脸，也看不清窗外的景色了。然而还听得到小菊在叫他，听得到轮椅驶过的声音。那两名大汉已经消失了，轮椅是在自动地行驶。房里有一股黑风裹挟着他，将他同圈子分开了。辜老师在走廊上还听到小菊在喊：

“辜老师！这就是它啊！”

辜老师下楼时，整栋楼都响起各式各样的猫叫。病房里啊，值班室啊，开水房啊，厕所里啊，到处都是它们，发了狂一般地叫。辜老师知道，那不是猫，是潜藏在这栋建筑里头的“猫人”。也许是小菊的到来激怒了他们吧，他在这里住了这么久，他们还没有像这样发过狂。小菊应该是一个中心人物，如果他不来，“猫人”就只会小小地骚动，红叶的风景也不会出现在冬天的窗外。他就快下到五楼了，来苏水的味道令他昏昏欲睡。他想，昨夜从楼上飞下去的那个人也许喊的就是小菊喊的那句话——“辜老师！辜老师！这就是它啊……”清洁工却只听见那人喊自己的名字。

紫晶月季花

煤太太的家位于闹市中一条相对幽静的小街旁，房子是 20 世纪 50 年代的建筑，五层的楼房，煤太太和丈夫金住在一楼的一套三居室里头。

煤太太家里有点特殊，除了厨房以外，所有家具和一些用具摆设全都被用各种颜色的布罩罩在上面，就好像他俩要出门旅行了一样。只有当他们要使用这些东西的时候,才将布罩揭开。比如吃饭的时候揭开厚厚的桌布，喝茶的时候揭开茶几和沙发的罩子。就连两个房间里墙上悬挂的两面大镜子，也被用绣花布罩罩上了，只有照镜子的时候才会揭开它们。因为这些个布罩，煤太太的日常生活的节奏就比常人慢了很多。

金先生是很少去揭那些布罩的，他的生活由煤太太照料。他成日里躺在一把简易躺椅上读一本厚厚的《国内野生植物集锦》，翻来覆去地看那些图。他的躺椅是唯一没罩布罩的家具。他躺在那里，左眼盯着那本旧书上面的地锦草的插图，右眼瞟着鞋柜，大声说："鞋柜上的布罩被猫儿抓到地板上去了！"煤太太在厨房里听到了，就赶紧走过来将鞋柜罩好了。可见金也是个很敏感的人。

在屋外的那一小块花园用地上，煤太太没有种花，也没有栽树，她用竹条和塑料薄膜支起了一个篷，长长的一条,看上去很滑稽。塑料篷里面栽了一种奇怪的植物，是金托外地亲戚买来的种子。种子是小小的月牙形,紫色。金将那块地掘了一尺来深,将种子埋在那下面。他对煤说，这种植物是罕见的"地下植物"，没有地面部分，埋好之后，它们会一直往下面生长。他又给他们的植物施了肥，浇了水，然后煤就用塑料篷将它们罩上了。金说，从此以后就不用去照料它们了，只要照料好这个塑料篷，保持完好无损就行了。这种植物向地下生长时，对环境的要求很严格，总之变化越小就越好。

"煤太太，你家种的什么宝贝啊？"邻居阿艺在问。

"是月季花。"

"怎么没看到发芽？"

"它们向地下生长，花也开在地下。不是我们通常看到的月季，这种月季的花朵只有米粒那么大，花瓣坚硬。"

煤太太的脸红了，她在重复金的话，她心里很没有把握。阿艺鼓着金鱼眼看了她一会儿，沉默着进屋去了。

煤太太告诉金说，邻居阿艺不相信他们种的是月季。当时金正在刮胡子，满脸都是泡沫，他眨巴着三角小眼说，这种事，先前他也不相信。人们相信或不相信，对于这种月季的生长没有任何关系。他说完就进卫生间去了。煤太太手里握着拖把站在那里想道，金的心里大概是有一定的把握的吧。那些种子，在灯光下看起来的确像稀有品种啊。她还记得前一天晚上，他俩将头凑在一块翻来覆去地打量它们的情形。她弯下身拖地，拖到书桌那里时，发现了遗落在书桌腿旁边的一粒种子。她不声不响地将它捡起来，用绉纸包好，放到厨房的碗柜里。

下午，金在躺椅上午睡。煤太太呢，就坐在沙发上，她只要靠着沙发背打一个盹就休息好了。当她的眼皮变得沉重起来时，就听到有人敲门，两下，不是连续的，而是有间隔的。谁会这样敲门？是小孩在搞恶作剧吧。她没有去开，她听到金在轻轻地打鼾。过了一会儿，正当她眼皮又变得沉重起来时，那敲门声又响了，这回是连续的两下，还是很轻，很犹豫。煤太太只好起身去开门。

门外站着阿艺，脸色苍白，受了惊吓的样子。

“我也想种一点那种——那种月季花，你们还有多余的种子吗？”

“我们没有了。是老金托亲戚从外地带来的。如果你要，就再去托人。”

阿艺显出极其失望的表情，然后那表情又转为恶意的探究——她肆无忌惮地伸着脖子朝室内看。在邻里之间，煤太太一般不请人到自己家里来的。阿艺的反常举动让她有点慌张。

“我想起来了，我还剩得有一粒，你要吗？”

煤太太说这话时，她的表情简直有点讨好这位邻居的味道了。

“有一粒？当然要。给我吧。”

阿艺接过绉纸包住的种子时，还狠狠地盯了煤太太一眼。

煤太转身关门时，房里的景象让她吃了一惊：饭桌上，一只老鼠在布罩下钻过来钻过去。以前家里很少来老鼠啊，这是不是老鼠？她扑过去，用双手捂住布罩，可那小家伙还是溜掉了，她扑了个空。她眼睁睁地看着灰鼠爬上窗户，溜到外面去了。煤太太失魂落魄地站在屋当中说：“老鼠。”

金的目光离开书本，向她瞥了一眼，然后又回到书本。他说：

“老鼠不就是阿艺嘛，你不要过分在意。”

她回过神来，将饭桌上的布罩罩好，走到厨房里去了。

她做一会儿饭，又往卧室里跑一趟，因为担心老鼠。还好，再没见到那家伙。但是她发现梳妆台的那个布罩的下摆被咬坏了，看来还真有这么回事！那还是煤太太读小学时，城里发过鼠慌。堵、毒、捕，朝洞穴灌水，什么方法都用上了。从那以后一直平安无事。

她一边切萝卜一边玩味金的那句话。金说老鼠就是阿艺，这话有些道理。他们家和阿艺家虽是隔壁邻居，两家的小孩从前也在一块玩，可是自从小孩长大搬走后，他们的交往就只限于见了面打个招呼了。所以刚才阿艺来要花种，她确实感到有点意外。从阿艺的形迹来看，她将这事看得很严重，那究竟是为了什么呢？一定不单单是为了几粒花种吧。

吃饭的时候煤太太对丈夫说：

“你看阿艺拿了那粒花种会栽下去吗？”

“不会，因为那是一粒假的，是我选出来扔掉的。一共有好几粒假的。她拿回去看一下就看出来了。那不是花种，是漂亮的小石子。”

金朝她挤了挤眼，很得意的样子。煤太太在心里嘀咕：“老滑头。”她有点担心阿艺会因此怀恨她。阿艺的丈夫是独眼的阴沉的男人。他们夫妇会不会认为她在捉弄他们呢？也许她该去说明一下。金反对她去说明，说这样只会“越说越乱”。还说：“既然她对这种地下植物有兴趣，同她开个玩笑总是可以的。”

由于失眠，煤太太和金十年前就分房而居了。一般来说，煤太太在十二点至一点多只可以睡一会儿，醒来之后就要等到三点多才能睡着，再醒来大约五点，挨到七点又再睡着一会儿，八点多起床。每天都差不多如此。夜晚对于煤太太来说是漫长的。起先很难受，似睡非睡的、恍恍惚惚的状态令她很不习惯。在夜里一点醒来之后，她总是穿着睡衣在各个房间巡游。她在房里走动时不开灯。于是有一天夜里，她被客厅里那面大镜子突发的反光吓得摔了一跤，撞在饭桌的边缘，撞断了一根锁骨。回忆起来，镜子里那阴险的反光应该是路过的汽车造成的。后来煤太太就将所有的用具全部罩上布罩了。伤好之后，煤太太停止了夜间的巡游。她仍然在夜里起来，坐在厨房的矮凳上，身体靠着墙假寐一会儿。她之所以坐在厨房，是因为透过窗子可以看到外面的天空，还有那些树，这让她心里安静。这种时候，回忆起早年和孩子们在一起的那些时光，她会感到一种幸福的诧异：那真的是她经历过的生活吗？然而幸福感却是来自于目前的这种知足的生活。所以时间一长，她就喜欢起自己的失眠来了。她将自己想象成一只大白鹅，摇摇摆摆地在森林中觅食。

金在夜里是不醒来的，除非有特别大的干扰，比如煤太太受伤那一次。据他说他的睡眠其实又很浅，周围发生什么事都感觉得到。

“我这样的人必定早死，因为神经从来没有得到过真正的安宁啊。”

他愁眉苦脸地说起他的状况，但煤太太知道他心里很得意。那么浅的睡眠同醒着差不多吧，一个人老是醒着，不就等于活了两辈子吗？金这辈子真划得来！而且他那么健康，什么病都没有，怎么会早死啊？他还说他从不做梦，因为根本就是清醒的，没法做梦嘛。煤太太听了就想，她自己坐在厨房假寐时，倒是一个梦接一个梦的。她和他真是大不相同啊。

金也很支持煤太太将家具用品罩起来，这是因为他也讨厌夜间这些东西发出反光。“我虽然睡着了，偶尔一睁眼还是看得到那种阴森景象的。”

城里的汽车越来越多，人们的夜生活越来越晚，所以最近整夜整夜，煤太太家门口都有汽车经过。家具用品被罩起来之后，煤太太便感到自己这个家“坚如磐石”了。那些从它们表面掠过的灯光显得飘忽无力，无法再让她害怕了。金也很高兴，口里不住地说着：“这就好了，这就好了嘛。”他又说起虽然他夜里不醒来，对于那些车子的蛮横无理还是很有感觉的。

“这种草，民间叫‘蛇头王’，可以治蛇伤。以前我们老家屋外到处都是，老家的蛇也很多。这就是以毒攻毒的规律吧。”

金将书本放在胸口上，闭目躺在那里，煤太太只看见他的嘴在动。她感到很好笑，忍不住插嘴说：

“药草的学名叫‘一枝黄花’！”

“啊，原来你也知道的，你什么时候读了我的书？！”

“是在夜间。我的眼力越来越好了，我可以就着外面路灯射进来的微弱光线看书呢。”

金的脸上浮起微微的笑意。煤想，那些月季花，已经生长到了地层的哪一层？也许金年轻的时候应该去研究植物，但他却做了一名推销员。话又说回来，如果金真的成了植物学家，他还会过现在这样一种生活吗？多半是房里挂满了植物的标本吧？这些年，他只是每天看那同一本野生植物的书，他从不去弄标本。不久前，很少出门的他跑到城中心去，然后就取了这些月季花种回来了。他含糊地说了一位亲戚的名字，似乎是那人给他寄来的。

煤太太之所以读金的书，是想找到丈夫思维的线索。说到底，她还是很羡慕他的。瞧他多么平稳啊！即使是家里钻进来了老鼠，他也不慌不忙。锁骨跌断之后，煤有过一段绝望的日子。金同来帮忙的小姨默默地承担家务，他很少安慰她。或许是由于金的镇定，煤自己终于挣扎过来了。煤一恢复体力，金又躺到他的躺椅上去了。他笑称自己“和瘫痪病人差不多”，煤觉得他的笑容是满足的。

门前积水这件事是突发的。那场雨下了两天两夜，下水道被泥沙堵塞了，半夜里，屋前变成了小小的水塘。金就是在那时候从床上跳下来，赤着一双脚冲进雨里头的。应急灯放在窗台上，照着花坛的塑料棚，他挥着一把锄头在雨中大干。大约干了两个小时，他挖了一条沟，将积水引走了。煤太太万万没想到金还会有这么大的能量，他就像在拼死一搏似的。

他回来的时候，累得话都说不出来了，慢吞吞地换了湿衣服，慢吞吞地躺下了。煤太太用干毛巾替他擦着头发。

“它们得救了。不然的话啊，它们就全死了。那下面的生长环境，我们是想不到的，只能推理。从前有过这方面的教训……”

他说着话就睡着了，一边轻轻地打着鼾，嘴唇一边微微地动。煤太太想，他在说什么呢？是不是在同那些地下植物对话？

上午太阳出来了。阿艺站在塑料薄膜棚那里，满腹狐疑地看来看去。

“煤太太，这里面并没有栽什么东西啊，可以将棚子拆掉吗？它们影响了排水，而且也很不美观。”

“阿艺，你怎么这样说话？我亲自栽下去的，我告诉过你，是月季花，特殊品种，往地下生长的，金在夜里将它们从死亡的边缘抢救出来了。”

“哼，真顽固。自欺欺人罢了。有的人还真愿意这样过活。”

阿艺的丈夫在房里叫她，她回去时又扭过头来朝花坛看了几眼。煤太太觉得她的眼神充满了好奇，这就是说，她并不确信自己说的那些话。接着她就听见了阿艺和她丈夫在高声争论，争论些什么却听不清。

煤太太进屋时，看见金还在睡觉。他的心境真是平和。煤猛然想到：会不会所有栽下去的花种都只是漂亮的小石子？她回忆了一下，好像真有那么回事。当时拿在手里有冰凉的感觉，还发出“叮叮”的响声呢！恐怕正是因为这种性质，它们才能往地底生长、开花？阿艺好像有了误会了。这种事，信则有，不信则无，她看来是不信的。

三十多年前，新婚的煤太太和新婚的阿艺一块搬到这栋楼里来时，这里还很荒凉。煤时常看见她的邻居搬一张小凳坐在门前看落日。当光线一点一点地变暗时，这个女子的背影给她的感觉便不仅仅是落寞了，它还显出某种顽固的意味。她们相见时彬彬有礼，两家的丈夫也如此。煤很少看见阿艺的丈夫，他是钢铁工人，下班后总在房里不出来，他们家里笼罩着阴沉沉的氛围。煤觉得，阿艺和她丈夫之间是和谐的，他们从不吵嘴。那么，他们今天是为了什么发生争论呢？为了花种子吗？现在是看不到落日了，生活在向里面收缩，但那个时候的那个背影，一直延续到了今天。从前看得见落日时，未来还完全隐没在混沌之中呢。

“我的亲戚住在油麻巷 3 号，是很远的远房亲戚了，所以平时也不来往。你要是有兴趣，也可以过去看看。那地方因为拆迁，有点难找。”

金说的是带花种给他的亲戚。

“如果我去看他，就得找个借口吧。”煤说。

“你可以向他询问关于紫晶月季花的生长规律嘛。”

煤很兴奋。吃过午饭，她取消了午睡，收拾一下就出门了。

在市中心的那一群一群的新建筑里头，油麻巷已经消失了。煤打听了好几个人，才打听到油麻巷 3 号的原住户都住在一排简易平房里头，他们的家已经被拆掉了。修轮胎的老头告诉她，冰老师就住在最西头的那间里面。

煤起先被冰老师的相貌吓了一跳。他像个野人，满脸乱蓬蓬的花白胡须，头发披到肩膀以下，也是花白的，眼神很混浊。

“紫晶月季花啊。”他的声音在胡须里头嗡嗡作响，“是从前有过的品种，现在还没有人能栽培成功呢。生长规律很简单：你将它忘记了时它就生长。”

“那么，怎样才能忘记呢？”

“各人有各人的方法吧。比如我，我的方法就是到处乱撒种子。沟边啦，人家挖好的树洞里啦，新房的基脚洞里啦，旧草屋顶上的浮土里啦等等。有一天，我看到草屋的土墙上鼓出一个包，我将那上头的泥灰拨了拨，就露出了我的植物。一回想呢，才记起我是将种子撒在墙头的。煤太太，你对这种事不要过于去追究为好啊。”

冰老师说话时始终皱着眉头，好像不欢迎她，又好像是不得已才透露自己的秘密。然而他又告诉煤说，他住的这间简易平房就是原来的油麻巷 3 号。

“此地的地底下，长满了各种品种的花，那就像是花的化石一般。住在这里的人都是老手了。听说新盖的高楼的基脚会打得很深，那也没关系。我们的那些植物都从地表消失了，仿佛从来不曾有过……”

煤从这位亲戚家出来，昏昏地走了两三分钟就迷路了。她想问人，但没人可问，满眼都是被拆的房屋的废墟，城市在一瞬间消失了。

“冰老师！”她喊道。

回答她的是乌鸦的叫声——这里还有乌鸦，令她回想起从前的老城。

“老金！”她又喊。

金从远远的地平线那边出现了，他慢慢地走近了，一只手提着一个木桶。他喘着气，将木桶放在地上，水都溅了出来。

“这是什么鱼？”煤问。

“是深水鱼。那边的打桩机惊动了它们，它们错误地蹿了上来。河水的水质不适合这些家伙，我要将它们放生。你先回去吧。”

金提着木桶走远了。煤起先想追上去，后来又打消了这个念头，因为她又可以看见城市了。冰老师的简易房屋不就在前面嘛。她走进那条小街，走到大马路上去了。她心里想，金会不会从前也是油麻巷的居民？那么阿艺呢？

又到了夜里那个时候，煤看到一片耀眼的反光在门帘上晃动，真是奇怪的景象。再后来，那些家具的布罩上面都出现了反光，房里一阵一阵地变得亮堂堂的。那条路上车流不息。煤想道，自己真是煞费苦心啊。缺德的司机有时会鸣喇叭。当喇叭突然一响时，煤往往会在瞬间失去知觉。

今天夜里金破天荒没睡，他说“那些深水鱼牵动了众人的神经”。他一直躺在那把椅子里头叹气，将白天发生的现象称之为“倒行逆施”。

“我其实是多此一举，它们全死掉了。你瞧，像我这样的凡夫俗子是看不穿它们的意图的。它们的存在本身就令人们恐慌，是吗？你听！”

煤看见金的右边脸颊发出反光。外面汽车的喇叭声响成了一片。

他站起来走动，他受到了很大的刺激。煤看见那片光总是追随着他。有一刻，光停留在他的眼部，他的眼睛就变成了绿色的、奇怪的形状。煤吓得大叫一声，又一次失去知觉。

煤清醒过来时，听到“嘀哩、嘀哩”的声音。是金在摆弄那些花种。房里有点闷热，是因为他将厚厚的窗帘全部拉上了。所有的灯都熄了，只有书桌上亮着一盏细小的台灯。煤太太一下子产生了身居洞穴的感觉，她摸索着往书房走去。

“你坐下。”金指了指身旁的椅子，“这是白天向冰老师要来的。”

啊，那不是花种，是美丽的宝石嘛。

“他那里已经没处下种了。他交给我，我很为难。”

煤对着灯光举起一粒玉色的种子，光线立刻穿透了它，她发现里面有一点深色的小点在游动。她忍不住说：

“我看这些都是石头，不是植物。”

“嗯，有可能。什么可能没有呢？”

金的眼珠在灯光里变成了两个空白点。他转过头去。

煤打量着他的背影，回想起白天里他出现在废墟那边的地平线上时的模样。她听到有人在外面挖土，一共两个人。应该是阿艺和她丈夫。

“我给了他们种子。”金一动不动地说。

煤想起身去外面，金按住了她，说：

“别去看，那是他们的隐私。”

贫民窟的故事（一）

贫民窟是我的家。我并不固定地寄住在哪一家，只要是有火炉子的房间我就可以待。这里出产煤，家家夜里都要留火，我就躺在灶角避寒，我夜里怕冷。

从那个阶梯下来是一大片低洼地，贫民窟就在这片洼地里。对于人们来说，这里是一个煎熬之地，就连小孩子夜里都睡不安。他们发出惊叫，从床上一跃而起，赤着脚就跑到门外去了。他们在那些狭窄的巷子里跑呀跑呀，一停下来就冻僵了。他们的父母要待天亮才出去将他们捡回来。这些父母都是极黑极瘦的人，脸上只看见两个眼白在转动的那种。据我观察，他们夜里很少真正睡着，只不过是躺在床上假寐。虽然是假寐，却又有很多梦，不仅夫妇在梦里交谈，邻居与邻居之间也隔着竹篾织成的薄墙进行交谈。我一听谈话的内容就知道那是梦话。有时候，他们在梦里争吵，打架，但是他们身体并不接触，每一拳都是挥向空气中。

我忘了说房子了，房子全都是连成很长一排一排的那种。是不是因为害怕，这些人才将房子盖成这个样子呢？我有这样的感觉，只要住进一家，就等于是同所有的人都住到一起了。每一家有一张大门，但里头的房间窗户又少又小，黑糊糊的。冬天里，我不太记得哪一家有火炉子,哪一家没有。如果我误入了没有火炉的那一家，那家的小孩往往拖住我的脚，不让我出来。我强行挣脱，把脚上的皮都擦破了。这些不烧炉子的家庭，大概是吃生的食物，所以他们才会这么野。

我和家鼠是在大白天结识的。大白天，房子里面也比夜里亮不了多少。我听到有什么东西在啃骨头，我以为是猫，就从灶台跳下，跑过去看。啊，不是猫，是一只家鼠，他比一般的家鼠要大一倍。该死的，他正在啃老爷爷的脚跟！我看见白骨森森，可是却没有血。家鼠很兴奋，“咔咔咔”的，身子颤动，仿佛在啃世界上最美味的骨头。这位老爷爷我很熟悉，他在屋后养了两头猪，现在猪在栏里饿得直叫呢。莫非他死了？我绕到床头看了看，他没有死，他正在摆弄他的老花眼镜。平时，他就戴着这副眼镜坐在屋门口，举着手里的一张纸，看那上面的图案，一看就是好久好久。他的脚后跟都被咬掉了，还怎么去养猪呢。家鼠终于吃饱了，回过身来看见了我，微微一点头，腆着大肚子啪的一声落到地上。我很好奇地想，他还怎么钻洞呢？这屋里可没有这么大的洞。但是家鼠并不钻洞，他慢吞吞地绕房间走了一圈，仿佛因吃得太多有点痛苦似的。他吃的都是些什么东西啊，想一想我都要呕吐呢。他走了一圈之后便发饭困了，靠着墙根打起盹来，他不把我放在眼里。

老爷爷从床上坐起来了，正在用破布缠他的脚后跟，原来他早备下了破布做绷带啊。他将布条撕得很响，看起来他很有力气。他缠啊缠啊，将那只脚缠成了一个大布包。猪们在栏里叫得越来越厉害，差不多都要跳栏了。他下了床，受伤的那只脚不穿鞋，就在地下踩。他居然到屋后喂猪去了。这是怎么回事？他为什么要让家鼠咬开他的脚后跟？莫非那里头长了瘤子，他在让家鼠给他做手术？多么可敬佩的毅力啊！

再看家鼠，我发现他的身体明显地肿大了许多，连腿子都变得那么粗，是吃下的东西毒性发作了吗？他在睡觉。我感到很压抑，心情沉重地走到门外去透一透气。冬天过去了，那些在外头钻来钻去的小孩都不愿回屋，有的就睡在路边。他们的家长也不急着将他们捡回去，让他们爱睡多久就睡多久。小孩们反正又不用干活，除了跑就是睡，有的恐怕连白天和黑夜都不大分得清，再说，他们也不在乎。他们只在乎一件事，那就是独轮手推车队的到来。独轮手推车队推着粮食从小巷子里经过，轮子“吱呀吱呀”地叫，小孩们就全都跑过来，一辆车上坐一个，就坐在那些面粉上头，显出趾高气扬的神态。这些外省的车夫们憨厚地笑着，也不赶他们下去。听说他们是从冰天雪地的平原那边来的。搬面粉的时候小孩们就跑开了，父母们皱着眉头将门敞开，做出一副对粮食不感兴趣的样子。“北边天气好了吗？”他们问车夫。“还有一次寒流要来。”

一般来说，我不在一家住得太久，免得他们将我当作了家里的成员。不过只要我一出现，他们就注意到了我。他们将剩饭放在灶台上，我到了夜深人静的时候就去吃。我对吃饭这事总是很羞愧，同家鼠相比简直是一个天上一个地下。我轻轻地吃，尽量不弄出声音来，其实我吃得还是很贪婪的，连碟子都舔得干干净净。关于吃，无论哪一家都决不亏待我。他们吃什么就给我留什么，当然都是他们吃剩的那些。他们将我看作一个什么东西呢？我很少听到人们议论我，他们只用短句来表达对我的感觉：“来了吗？”“来了。”“吃了吗？”“还真吃得干干净净！”他们对于我是非常有感觉的，可他们决不愿意说出来，黑屋子里的简短交谈在我听来就如响起惊雷。我从地上跳到灶台上还是要费很大的力气的，他们注意到了，于是搬一张矮凳放到灶边。他们这么体谅我反倒成了我的思想包袱。我可不愿同他们搞得太密切。我尤其不愿意参加他们的家庭骚乱，我指的是夜半时分孩子们引发的那种骚乱。孩子们到底是被什么样的恶魔吓着了呢？对他们来说，家里是隐藏恶魔的地方吗？他们跑出去后就感到安全了吗？那种时候，母亲站在敞开的门口反复念叨："回来啊，宝贝，你能跑到哪里去？"那些母亲的腿子都在发抖，她们醒了吗？

曾经有好多次，我爬上那个台阶，想离开这个浑浑噩噩之地。太阳照射着，我背上的嫩皮都要开裂了。在大马路上，我居然没有影子，唉！我在柏油路上走呀，走呀，我口干舌燥，只想找个黑黑的地方歇息一下，喝口水。这城里哪里有黑地方呢？房子的外墙全是玻璃，屋顶是某种金属，太阳光照在上面就像燃起了大火。那些个屋子啊，里面都有人在无声无息地走动，他们虽然穿了某种像是衣服的布片，我却可以看见他们里面的内脏和骨骼。我推开一张玻璃门进去，立刻就感到走进了一个大火炉，涌动的热浪将我体内的液体都要蒸发光了。我慌忙回头往外跑，这时我就撞上了他——那只家鼠。家鼠警惕地把着门，剑拔弩张的样子。他的皮毛油光发亮，眼睛炯炯有神，他似乎是专为这所玻璃房子而生。我记起来他是如何啃老爷爷的脚后跟的，就不敢同他正面交锋了。我装作没事一样走开去。可是我心里怎么没事呢？我全身的皮肤都要脱落了啊。我听到许许多多回声在这个大厅里响起，震得我的头发晕。我鼓起最后一点勇气抬头一望，啊，我看见了……我看见了那个梦，那个梦在夜里是躲在所有其他梦后面的。我就哭起来了。可我的两只小眼干干的，没泪。我快死了吗？大厅里不断有人走过来走过去，都是那些透明的家伙。他们有时也擦过我身边，我闻到干爽芬芳的气息，感觉到这些人身上完全就没有液体，所以对他们来说也不存在被蒸干的问题。而我却很臭。尽管快死了，身上的臭气仍然一阵一阵地传到鼻孔里来。这时我听到门响，原来是家鼠将门拉开了，我拼全力撞撞跌跌地跑出去了。家鼠的眼神是多么的鄙夷啊。他又是如何拉开门的呢？以他那么矮小的个子。

到了外面就好多了，虽然被太阳暴晒，温度总算降了好多。有一个侏儒将一支冰棍递给我，我接住，三口两口就吃完了。柏油路和水泥路，路边是火炉一样的玻璃屋，无处可躲。一律穿黑衣的路人匆匆地走过，他们的神情很镇定，也没有谁出汗。差不多可以说，他们的目光里透出寒意呢。又想起玻璃屋里的那些人，那是些不同种类的人，还是人一进到那里头，就变得透明了呢？我想起人们的那个比喻："贫富两重天。"我要下去了，我在这里没法待。

我埋着头走，撞着了一个路人，那人被我绊倒了，是慢慢倒下去的。我看见他朝太阳翻着白眼，口里说："冷，冷啊……"他赖着不起来，他在想些什么呢？我顾不得观察他了，我必须赶路，不然就会像他一样倒下。那人在我的身后喊道："你这个丑八怪！"我丑吗？我不知道，这可是新鲜事。

啊，回来了！回来就好了，先到老爷爷的潲水缸里泡一泡，润一润皮肤。真舒服，真爽快！可是这两只猪，为什么哼个不停呢？又有紧急的事发生了吗？我走进老爷爷的房里，看见他正在缠他的脚。旁边坐着他的孙子，那孙子吵吵嚷嚷地说要看爷爷的伤口。那个瘦精精的小男孩，贼头贼脑的，我向来对他没个好印象。老爷爷一缠好，他又将他的绷带扯散，弄乱，还在地上打滚，说，如果不让他看，他就去死！终于，老爷爷将伤口包好了，他站了起来，他要去后面喂猪去了。男孩坐在暗处，他的眼睛睁得那么大，他看见了什么呢？哈，他爬到床底下去了，他躲起来了吗？我听见老爷爷将猪潲倒进槽里的声音，还听到屋前有一队独轮车经过。这一家今天给我一种不安全的感觉，我应该换个地方休息。我这样想着，就悄悄地出了门，溜进对面那一家。

这一家不养猪,却养着一只黑山羊。黑山羊瘦伶伶的，被拴在屋后,正在啃一个萝卜。他们平时用什么来喂他呢?黑山羊看见我就打量起我来，萝卜也不啃了。虽然他自己的脚被拴着，走不了几步，可他一点都不自卑，目光炯炯的，倒弄得我自卑起来。我想起人们平时为我准备好的饭菜，都是在碟子里放得好好的，可是给他的却只有一个不新鲜的小萝卜。他就是为这件事自傲吧?

这家的主人在一盏电石灯下锉钥匙，桌上放了一把小虎钳。他飞快地锉啊锉的，雪亮的灯光照着他那张狰狞的脸,他就像一个鬼。一个木盒子里装着他锉好的钥匙，可能有几百片吧。这些铜钥匙都是开什么锁的呢？没看见过那些锁，也可能根本就没有什么锁。屋里有硫黄的气味，我开始打喷嚏，打了一轮又一轮，鼻涕都流到嘴里去了。最后，我终于习惯了。我没有到灶头上去，我就在那张板凳上蹲着休息。这时我听到了女主人和主人的谈话。女主人坐在暗处择菜，声音幽幽的，起先我还没看见她呢。

“我嘛，就弯下腰去将它捡起来了。管它是个什么，捡回来再说。”她声音里有点得意。

“你做得对。”男人瓮声瓮气地说。

“我本来都走出好远了，像鬼拖住了我的脚一样。”

“那鬼就是我吧。”

“屋里都被这些东西堆满了。”

“在它们当中穿来穿去的，很好。”

“异物呀！想一想都怕。那一年我从龙县捡回那一个之后……”

他们的谈话戛然而止。男主人也不锉了。有件事令我困惑：这两口子是说的梦话么？就在不久前，我听见他俩在梦里讨论过这事。他们在干什么呢？他们在倾听那只山羊。山羊好像在外面撞墙，一下一下地，那根绳子会不会断呢？这两口子的心肠真黑。山羊撞了一会儿就停止了，可能受了伤。这边主人又锉起钥匙来，锉刀在铜片上发出刺耳的声音，我的脑子全乱了，简直要发狂。我抱着头冲到了外面。

黑山羊脚上的那根麻绳已经断了，他却没有跑，他在朝黑屋子里头探头探脑的。真是一副奴才的德性啊。这时女主人出来了，手臂上挽了一根新绳子。山羊想跑，女人铁钳一般的双手一把就摁住了他。他哀哀地哭着，那条腿又被拴住了。绳子就捆扎在旧的伤口之上，那伤口惨不忍睹。女主人进屋之际，黑山羊好像失去了所有的活力，瘪瘪地瘫在地上一动不动。我看不下去，就朝他蹲下去，我想帮他把绳子咬断。绳子是新麻绳，很结实，不过我的牙齿也是很不错的。我就蹲在那里一边咬一边梦想。我想象着自己带领黑山羊兄弟逃到了贫民窟的东端，那里有一个空着的猪栏，原来里头养着一只花猪，后来不知被什么东西毒死了。我和他在那里避难。我们相依为命，我到哪里都带着他，决不让他沦为奴隶。我想到这里时，脑袋上重重地挨了一下，差点晕了过去，原来是他用那条没被拴住的腿狠狠地踢到了我。这一下我痛得没法形容，我就在泥地上滚来滚去滚了好久。到疼痛终于减轻了一点，我抱住头虚弱地呻吟时，这才发现黑山羊若无其事地站在那里。这家伙真是邪恶到了极点了啊。贫民窟里怎么养着这样的动物呢？也难说，不是还有家鼠那种类型的吗？如果不同他们打交道，是领教不到他们心里头的阴狠的。真的，他就若无其事地站那里晒太阳，不时还去啃几口那只已经发臭了的小萝卜。这家伙的心事同屋里那两个一样，真是讳莫如深啊。

有东西在身后捅了捅我，是侏儒。侏儒不是属于上面的吗？怎么到这里来了呢？“我坐升降机下来的，”他说，“那机器的好处就是让我同时在上面又在下面。”

“你的皮肤啊，太白了。”我的皮肤白吗？我的皮肤是土黄色的，为什么他要这么乱说呢？让我想一想，对了，他有色盲，可能住在玻璃屋子里头的人都有色盲呢。侏儒同黑山羊对视了一眼，我觉得他俩交换了一个眼色，也许是我神经过敏吧。“我呀，是这底下一家人的儿子呢。”

他又说。他这句话让我吃了一惊。儿子？我怎么从来也没有看见过他？“因为我在升降机里头嘛，哈哈！”

侏儒将我称作“鼠”。我一点都不高兴这个称呼。我哪里是什么鼠啊，我比鼠大多了。他让我同他一块进屋。我们进去时，两位主人都不知上哪里去了，屋里静悄悄的。我又开始打喷嚏。侏儒说，主人总是喷洒硫黄粉消毒，他特别怕死。侏儒说完这句话之后突然怪叫了一声，仰面倒在地上，我弯下腰一看，才发现他的脚踝被一把单车锁锁在八仙桌的脚上了。是谁干的呢？桌子下面是那个木盒，里头放着主人锉好的那几百片钥匙。我将木盒移到侏儒的面前，他坐起来，尝试用那些钥匙开锁。此刻，这屋里给我一种心惊肉跳的感觉，要不是黑山羊在外头叫了两声，我几乎会怀疑是他在搞鬼。侏儒开锁的速度越来越快，越来越不耐烦，地上已经扔了好几十片钥匙了。我模模糊糊地意识到了某件事，我必须马上离开这里。

我跑到外面，正好碰见老爷爷。老爷爷还是那样，一只脚缠着肮脏的大布包，手里拄着拐杖。不同的是，他的那条好腿的裤腿上溅了不少血。他用手指了指屋里，叫我进去看看。我小心地推开那张门，刚刚朝内一探头，就吓得往外一弹。我怕什么呢？里头什么也没有啊，一间空房，连家具什么的也搬空了。老爷爷凑过来对我说：“钥匙啊，就在这里。”什么钥匙？我不明白。他又说：“你要的钥匙嘛，元儿拿着呢。”我又朝里头瞥了一眼，并没有看到他的孙儿。他拄着拐杖过马路了，他是去看侏儒吗？

我往前走，走了好远。在贫民窟，太阳总是一下子探头，一下子又缩进去，这里的一切都是阴沉沉的，尤其是房子外面。至于屋里嘛，大同小异，都是那种黑，习惯了也不觉得了。有一个小孩躺在路边酣睡，样子有点像阿元，可并不是阿元。那么他是谁呢？我特意注意了一下他那双赤脚的脚踝，那里有被什么东西擦坏的痕迹，难道是绳子吗？我推了推他的脑袋，他口里吐出一连串的花儿的名称，然后就笑。小猪跑过来了，是老爷爷养的那只花猪。小猪嗅了嗅这个男孩就跑了，男孩笑得更响了。那是不是笑？“咯咯咯咯”的，也不太像笑。他是不是这一家的呢？这一家的门敞开着，我进去了。

突然很想睡，就爬上他家的灶头睡去。没睡多久主人就来生火了。这一家的主人是屠夫，脸上的胡子很长。他从火里头拿出烧红的火钳，在我面前扬了扬，那火钳擦着了我胸口的毛，我闻到了烧焦的气味。我正在想他会不会将我烫死时，他扔了火钳，往地上坐去。在前面房里，他家的孩子们在唱歌呢。阴惨的房里忽然响起稚嫩的童声，仿佛末日的景象啊。再看屠夫，他的胡须在发抖，什么样的可怕的回忆缠住了他？我跳下灶台，他一动不动，像没看见我一样。我溜到前面房里时，孩子们已经出去了，我仅仅看到一个女孩的背影。我想，屠夫的女儿，每天夜里会梦见羊脖子上喷出来的热血吗？是因为那种梦，才唱儿歌的吗？谁在捅我的背？哈，又是侏儒，他终于打开了那把锁。侏儒说："看，他也来了。"长得像阿元的小孩子溜进来了。接着就是砰的一声响，屠夫在闩门了！我们三个被闩在屋子里了。小男孩发出闷闷的哭声，是侏儒堵住了他的嘴呢。侏儒在哄他安静下来。我也想哭因为想起了那把烧红的火钳。屠夫在厨房里磨蹭些什么呢？小男孩终于不哭了，侏儒说："我真高兴啊。"也许他是高兴看我们完蛋，而他自己，很快有升降机来救援他。现在他抱着男孩坐在椅子里头，那孩子在他怀里轻轻啜泣，肩头一耸一耸的。我突然记起，在那火炉一般的上面，他不是给过我一根冰棍吗？侏儒的心肠真是很慈悲的啊。

屠夫始终没有过来。小男孩（侏儒叫他"鼓"）在侏儒怀里说起了梦话，他说他本人就是升降机，这里的好些人都要靠他，没他活不了。他一边在梦里吹牛，侏儒一边附和他。侏儒说："对呀，对呀，你这个漂亮的小男孩。"鼓忽然挣脱了侏儒，用一个什么东西在侏儒脸上划了一下，侏儒立刻倒下去了。鼓举起手里的那个东西，那东西一晃一晃地发亮。我终于看出来了，是一片铜钥匙。侏儒在地上呻吟，轻轻地念叨着："鼓啊，鼓啊。"一片钥匙怎么会有这么大的杀伤力呢？我想起锉钥匙的那个男人，他是一个沉默的人，脸上有很多竖纹，他那双手就如同老树的树根，我看见过他掰断一把相当大的锉刀！鼓举着钥匙朝我走过来了，我有点想躲，但还是没有躲，我要看看这小东西到底有多大杀伤力。但是鼓凑近我，将那把钥匙交给我，并且向我比画着，要我将钥匙刺向他本人。钥匙很大，很像一把小刀，我不知所措地站在那里。我们都听到了屠夫在灶屋里弄出很响的声音，就像发怒了似的。他在催促我们吗？

当我将钥匙刺向鼓的脖子之际，他马上用双手握住，再猛一用力，钥匙就全部进入到他的脖子里头去了。血涌出来，他软软地倒下，同侏儒倒在一处。我感到很恶心，就背转身去吐了起来。这时屠夫打开厨房门进来了。他手里拿着那把烧得红彤彤的火钳。他将火钳举到我的面前，我赶紧闪身躲开。于是我又闻到了自己的毛被烧焦的臭气。"鼠啊鼠，这可是难得的机会。"他说。真讨厌，他也叫我鼠。他打开大门，先将侏儒抱出去，扔在路边，又返回来将鼓也抱出去了。然后他又闩上门。我以为他要来收拾我了，可是他没有。一会儿那两个家伙就来撞门了，拼命要进来，他们的伤怎么好得这么快啊？他们那么大的力气，门都要被他们撞开了。趁着我一愣神的瞬间，屠夫就将那把火钳伸到我的胸脯上戳了几下。我先是簌簌发抖，后来就晕倒了。朦胧中，看见自己在火焰山上。火烧着了我的全身，可是我一点都不痛苦，脑子里居然还冒出这样的念头：烧完了就好了吧。对面还有一座山，也在冒火，有小孩子在火中唱歌，声音怎么这么熟悉？对了，那不是屠夫的女儿们吗？她们唱得真好听啊。这时我看一看自己的身体，啊，腿已经烧没了！我不能动了！这不是他在我耳边说话吗？“鼠啊鼠，这可是难得的机会。”他还推我呢，他不让我完全入梦，可是我害怕，我闭上眼，不管不顾地入梦了。

我醒来时看见有一只灰色的大眼睛凝视着我。那是屠夫的女儿，她的两只眼睛不对称，一只大，一只小。在我看来，这只大眼睛美得无法形容，所以我就一点都不感到她的眼睛不对称了。她的眼神很忧伤，这个小人儿是为我担忧吗？当我动了动，想去触碰她时，她就挪开一点。她这种姿态让我心凉。“你，是什么东西？”她说，她的口气忧伤得让我都要掉眼泪了。我经常到她家里来的，她怎么问这种话？是我的样子引起了她的忧伤吗？这时我才来打量我自己。我好好的，并没有什么变化，啊，我的一只脚上有烧灼的痕迹，但那并不显眼，只不过是掉了一块毛罢了。我到底是个什么东西呢？这难道是个问题吗？我年年来他们家，来了就去灶上待着，屠夫将那些香喷喷的动物内脏留给我吃，吃完我就在灶上打盹。在他们家，我总是睡眼蒙眬，从来没有将这些女孩子看清楚过。她们轻手轻脚地在厨房忙碌，从不注意我。现在看来我错了，她们不但注意了我，还仔细打量过我，一起讨论过关于我的事。要不她刚才怎么问这样的话呢？看来她对我还有所期望啊。我又问自己，我是个什么东西呢？可是我不知道啊，我怎么能消除这个小美人心里的忧伤呢？我不敢同她的目光对视，一对视，我就会哭起来。“我是老三，最小的。”她忽然又说，“爸爸在后面钉木笼子。”

我没有听懂女孩的话，我还没有醒悟过来是怎么回事，黑色的网就从头上罩下来，将我缠住了。有人拖着我往屋后走去，女孩在旁边对那人说：“你要把他扔到井里头去吗？”她的语气里头有点兴奋。我是没法挣扎的，我根本不能动。

他们扔下我的地方却并不是井里，只不过是他家屋后的那条小巷。我被裹在那渔网似的东西里头一动都不能动，而这条小巷平时几乎无人经过。看来他们要让我死在这里，我怎么办呢？夜晚很快就降临了，贫民窟的夜总是那么寒冷，我蜷起了身体。这时我又听到了屠夫女儿们的歌声，我辨别出来，唱得最响亮的那一个就是刚才同我在一起的女孩。冷啊，冷啊，我这只被烧过的脚完全麻木了。我凄厉地叫了一声，屋里的人也许听见了，歌声停了一停，又响起来了。再仔细听，就可以听出歌声里头的凄凉来。当我的注意力被吸引过去时，我就暂时忘了寒冷，当我稍一走神，寒冷又像无数小刀一样在我皮肤上割呀割的。也许我全身的皮肤都肿起来了，我盼望皮肤的感觉快一点麻木，否则我还能盼望什么呢？我想起了侏儒和鼓，他们两个还在那屋里吗？还是像我一样给扔到了这外面？屠夫，还有他的三个女儿，他们过着一种什么样的生活？

我透过网子看见了一团光，是有人打着灯笼过来了。“他们怎么总将猎获物扔在路边呢？”提灯笼的那一个对同伴不满地抱怨。因为我发出尖叫，他们就停下了。他们在我上面小声商量着，犹豫着什么事。起先说话的那一个突然提高了嗓门道：“老四，我们有多久没从这里经过了啊？”另一个就回答说：“有十五年了吧。那时夜里总下雨，冰凌从屋檐垂下有一尺多长。现在气候已经温和多了。他干吗老叫？”他俩说着话就蹲下来了，三下两下就将我从网子里头解脱出来。我还是躺在地上，因为我全身麻木了，不会动了。这是怎么回事呢？我明明感觉到是两个人在帮我，可是我没看到人，只有那盏灯笼孤零零地放在地上。灯笼将光线照在网子上头，那么强有力地缚住我的网子却原来只有一小抓，有点像动物身上的薄膜一类的东西。我又叫起来，我想通过叫喊来恢复知觉。就在这时屠夫的小女儿开了门。我听到她在同那两个人寒暄，我也看到她穿着披风，显得英姿飒爽，可就看不见那两人。他们进去了，将灯笼也提走了，四周又变得黑糊糊的。

我尝试滚动，我集中意念发出一声尖叫，身体终于动了起来。这一滚就滚到了屠夫小屋的墙角。这里没有刚才那个地方冷，我的部分知觉在慢慢恢复。屋子里头的谈话可以听得清清楚楚。我听到三个女孩子都争着抢着要同那两个我看不见的人接吻，她们咒骂着，闹成一团，后来那小女儿大概是用一件什么锐器伤了她的两个姐姐，两个大点的女孩发出可怕的哭叫。但里面很快就恢复了寂静。小女儿达到目的了吗？门“吱呀”一声开了一小半，那灯笼出来了，小女儿站在门口，脸部表情像一名毒妇，那只大眼睛居然闪出电火花来了。灯笼在空中游移着渐渐远去，最后消失在西边的转弯处。女孩忽然朝我弯下腰来，说道：“你都看到了吗？你这个小家伙，你都看到啦！嘿，我的命太苦了，对吧？”她用双手蒙住脸，哭起来。哭了几秒钟，她突然又止住，恶狠狠地说：“我哭了？呸！我才不会哭呢，刚才是笑！我要笑死了！”她用双手插到我的肋下，一下就将我举到她肩上，往屋里走去。她将我摔到灶台上就走开了。我看见屠夫闷着头坐在板凳上抽烟呢。

贫民窟是我的家，我生在这里，长在这里，我夜里寄宿在有火炉子的家庭里，白天到处刺探隐私。我掌握着这里的多种秘密，但我并不懂得这些秘密的谜底。这些秘密都有美丽而恐怖的外表，我是因为这个才总忍不住要去刺探的吗？

贫民窟的故事（二）

我住在贫民窟下面的地道里，贫民窟本身在城市西边的洼地里。当你走到化工厂的围墙那里时，就看见长长的阶梯了，从那上面下来，就是我们的贫民窟——一大片排成长列，挤在一起的简易屋子。以前我是寄住在别人家里的，家里有火炉的人家我都住过。然后，在一个阴郁的日子里，我无意中发现了地道。那一天，主家在我的饭食里面放了几枚毒蘑菇，被我发现了，我像难民一样匆匆出逃。那是半夜，家家门户紧闭，我也不敢去叩任何人家的门。我在寒冷中瑟缩着前行，却撞上了一只恶狗。恶狗要撵走我，我越跑，他在后面追得越紧。到后来我连路都不看了，跑到哪里算哪里，就这样稀里糊涂地掉进了地道。

我刚刚掉下来的时候是不习惯的，因为周围这么黑，什么都看不见，你生了眼睛一点用都没有，还不如把自己当瞎子。起先静悄悄的，后来才发现这只是假象，许许多多的小动物在这里掘呀，凿呀地忙个不停呢。最奇怪的是还有三个人坐在他们当中，这三个人什么活都不干，只是隔一会儿闲聊两句。我凑近去仔细听，听到他们在说两句极为无聊空洞的话。一句是："修了房子就不用住房子了，住在野地里就是。"另一句是："人嘛，要有自知之明。"三个人轮流重复这两句话。在此地，乱动是不行的，弄不好就撞着了一个家伙，而且这些家伙的身体都像铁一样硬邦邦的。我只好坐在地上不动。那只恶狗还在我头顶的什么地方叫个不停，即使隔得很远，还是很有威慑力的。我向上看，看到尽头，的确看到一团朦胧的光，我就是从那个有光的地方掉下来的。

我蹲在这个黑地方，回忆主人和我之间发生的那件事。下午我正在灶台上睡午睡时主人过来了，他轻抚着我背上的皮毛，样子有点伤感。"鼠啊鼠，你心里是如何想的呢？"他沙哑着嗓子说。我讨厌他叫我"鼠"，我也讨厌他那种伤感的样子。据我观察，这个人一点男子汉的风度都没有，没事就坐在敞开的门口洗他那双苍白的脚，是一个对自己的身体着迷的家伙。我一般对人是不设防的，但这一次也许是有某种模糊的预感吧。谁会想到这个人竟会那么阴毒呢？他炸毒蘑菇的时候，我就坐在旁边的柴堆上，我发现他的手在抖，苦闷的长脸上增加了几条皱纹。当时我还以为他要用毒蘑菇来毒老鼠呢，没想到我真的成了他所说的“鼠”。毒蘑菇埋在米饭的下面，一共有三枚，我一拨开米饭就看到了。他到底想些什么呢？以为我会乖乖地将它们吃下去吗？我以前就知道这个人很不厚道，连家里的蟑螂都要杀得一只不剩，但总的来说，他待我还是不错的。他是一个鳏夫，自己做饭，我住在他家，他就准备两份，不像别人家那样让我吃剩饭。我想不出是什么事让他的态度发生了突变。也许根本就没有什么事，也许他只不过要让我知道他的厉害。一个坐在家里的害气喘病的老男人，能有什么样的厉害呢？下毒是怯懦的手段，不过我知道那种蘑菇只要一只就可以毒死一个人。所以他是决心要弄死我，所以我就逃了。这就是下午刚刚发生的事，而现在，我坐在这个地狱一般的处所等待命运的裁决。我心里有一个声音始终在顽固不化地询问：到底发生什么了？我不知道，真的不知道，一切都是莫名其妙的。有一个人过来了，我虽看不见他，但能感到他踩在泥地上的重量。他停在我的旁边，说：“修了房子嘛，就不用住房子了。”我觉得这个人很讨厌，就一声不响地起身离开他。没想到我刚一挪动，他就用手按住了我的背。他的力量很大，我只能趴在地上不动了。我脑子里闪过那句话："人嘛，要有自知之明。"但我不是人，我说不出话来。

他将我按在地上，可是过了一会儿，他就走神了，手也不知不觉地松了。我当然立刻就溜掉了。这里似乎是无遮无拦的平地，地上挤满了挖掘的小动物们。黑暗中我不断地撞着碰着他们，我感觉到他们的身体都很小，说不清他们是什么动物。有一个家伙半截身子卡在自己掘的洞中出不来了，口中发出凄厉的叫声。我俯下身去咬住他的一条腿，奋力一拖将他拖了出来。没想到这一来他就像疯了一样扑上来攻击我。毕竟我的身体比他大了几倍，我很快制服了他。我将他的头部往地下撞了十几次，撞得他不出声了才离开。我害怕再碰见那几个人，所以我很想隐藏起来，或者加入掘地的队伍也行。当我尝试同身边的小动物接近时，发现他们都对我很敌视。他们的态度似乎在告诉我：这里不是我该待的地方。我被他们推搡着，被恶意地呵斥着，成了走投无路的家伙。每当我想蹲下来休息一会儿，就会有一个家伙过来抢占我的地方，奋力将我推开。为什么他们都对我的存在这么神经过敏呢？我恐慌地抬起头来看那个地方，那一团光亮仍在那里，凝神细听，也还听得到那条恶狗的叫声。也许我该向上爬，回到那个地方去，当时，他并没有咬到我，怎么能断定他要咬死我呢？我现在后悔自己的鲁莽了，我连想都没想一下，就掉进了这个不属于我的地方。我曾在那些人家的灶台上度过了那么多宁静的夜晚，也许我是有点爱刺探，可这并不能成为我被逐出去的理由啊。再说那毒蘑菇，很可能也只是要恐吓一下我罢了，他知道我是很仔细的，我才不会闭着眼吃下去呢，唉，现在说这些也是多余了。

我终于被包围了，这些像铁一样硬邦邦的小东西一下一下朝我撞过来，撞在我的肚子上，脸上，脚上，我不断发出歇斯底里的尖叫，越叫他们就越用力，我都要痛晕过去了。后来那个人来了，那个人用脚尖踢了踢我的肚子，说："他一点都不适合住在野地里。"人一来，小动物们就不知躲到哪里去了。这个人为什么说这里是"野地"呢？明明是贫民窟的地道嘛。要真是一片野地，怎么会看不到天空呢？不管它了，爱怎么说就怎么说吧。我听出来他就是刚才那个人，我痛得不能动，也不敢动，不然他又会用那只铁一般的手按住我的背。"你看不见吧，"他说，"这就是我们的优势，你看不见我们。在这种野地里，你要眼睛干什么呢？给你，这是你的晚饭。"一个圆圆的东西滚到我的脖子下，我抓起来咬了一口，立刻辣得流出了眼泪。它好像是洋葱，可又不太像。这个人在一旁说，这是我住的那家人家的主人给我送来的。那个坏蛋，居然还惦记着我呢。我心里盼望他多讲一点主人的事，可是他又走神了，他吹着口哨起身离开了我。我试着动了一下，身上的伤一下子都不疼了，是不是这洋葱的作用呢？我一边流泪一边啃洋葱，整个身心都感到一种痛快。啊，我必须干点什么，我要掘土！我用两条前腿很快地刨着，一会儿就刨出了一个坑。我停都停不下来了，弄得一身全是泥。我有一种幻觉，觉得会要刨出什么东西来，我每刨一下，都感到那个东西在我爪子下面弹跳。那是什么东西呢？快出来吧，出来就会知道了！

刨呀刨呀，尽管每一下都真切地感到有东西要出来了，但除了泥土，什么也没刨出来。我已经刨出一个洞了，下面的东西还在诱惑着我，我恨不得钻到地下去把那个东西揪出来。这时我恍然大悟地记起先前钻进自己掘出的洞里出不来了的那个小家伙，我错误地领会了他发出的叫声，那叫声其实是极乐，而我却以为是痛苦。这是一块什么样的神奇宝地啊，吸引了这么多的动物在这里挖掘！他们掘到了他们渴望的东西吗？那几个人又是在这里干什么的？刚才那一个不是将主人的食物传递给我了吗？也许这里有暗道通到上面的。糟糕，不好了，旁边也有个家伙在掘，啊，他将我的洞壁掘穿了，他到我的洞里来了！这是个沉默的家伙，我将他全身摸了一遍，我居然摸到他那肉乎乎的背上有一对坚硬的翅膀。我从来没见过这种东西！我用力推，要将他推出去，可是他居然打起鼾来，他在我的洞里睡着了。既然我的洞和他的洞现在相通了，我就顺着摸过去。啊，这个家伙，他掘了一条地道——地道里的地道。所有的家伙都在掘这种玩意儿吗？我不敢走远，我感到很危险，因为地道里头有可疑的响声。也许是别的动物在附近挖，声音传到这边来了，也许是有什么东西潜伏在那里，谁知道呢？我摸回我的洞里，同这个家伙待在一起，这样有安全感一些。自从掉下来之后，我总是缺乏安全感。虽然掘地引诱着我，其实我还是不想往更深的地底去的，我不属于地下动物。

同这个酣睡的家伙蹲在洞里倒也不错，不会被别的动物推来推去了。我仰起脸来，又看到了那束光，我分辨出那地方好像有一张门，门开了又关了，朦胧的光线也微妙地变化着。我心里一下子产生出思乡的伤感情绪。躺在那些干净的灶面上是多么舒服啊，那种夜晚，奇遇源源不断……贫民窟抛弃我了吗？可是这里，不也是贫民窟吗？刚才的那几个人，不就是直接同上面联系着的吗？我想到这里时，忽然被一阵强烈的臭味打断了。啊，是这个家伙在放屁！这不是一般的臭气，这种臭气熏得我头痛欲裂！我气急败坏地跳出了洞子，恨不得杀了这个释放毒气的家伙！

他醒来了，他那对奇异的翅膀扇动着，他飞到了两米多高的空中。那臭气，也飘散开来。我想躲开，可是要么踩了这一个的脚，要么被另一个用力捅了一下，他们不让我离开呢。那家伙在空中停留了一下，砰的一声落到洞里。他的屁倒是放完了，他好像又睡着了呢。“有的家伙最不安分，在梦里就可以起飞。”旁边那个人说。说话的人扇着一把蒲扇，像先前那家人家的主人一样在木盆里洗脚。“这是飞鼠，他有时在地下掘土，有时起飞。不过他飞不高，也就两三米高罢了。”那人又说，一边将洗脚水弄得哗哗响。这个人的做派使得我怀疑起来，这到底是什么地方呢？莫非这附近还有房屋吗？被小动物们推着挤着，我只好又跳进我的土洞。我有点昏昏欲睡，就伏在飞鼠的背上休息。我摸着那一对薄薄的硬翅膀，心里想，如果他再起飞，我就到半空同他一起做梦。想着想着我就睡着了，睡了没多久就听见那一家的主人叫我：“鼠！鼠！快飞上来！看见我了吗？”我一抬头，看见他在那束光里头，很遥远。我没有翅膀，他怎么叫我飞啊？我还没清醒过来，我身边的飞鼠就把我带到了半空。我伏在他背上，感到自己上升到了极乐的境界。他的力气真大！不过在很短的时间内，我们又降落到那个洞里了，飞鼠并没有醒来，他一直在打鼾！多么幸福的小家伙啊。“洞底下还有洞，你不敢下去吧？”还是那个用木盆洗脚的人在说话，“哈哈，上面就是下面。”我感到他的声音那么刺耳，令我那么不安。

我忽然就回忆起了我小时候的一件事。那时我同主家的一个小女孩最要好，她带我到水塘里去游水，下水前，她很郑重地对我说："你呀，不要到中间去，到了中间就会顺着旋涡滑下去了。"我不懂她的意思。我俩待在塘边，抓着柳树的根在那里拍水。女孩叫"兰"，兰对我说："你要是想逃跑，我可以带你跑的。"在当时，那些话我不想听。我跑到哪里去啊？我在主人家的灶台上过得舒舒服服，我又这么怕冷，冬天到野外去还不冻死吗？兰看出了我的心思，她又说，并不是要逃到外地去，就在原地我们也可以逃跑。那一天，我觉得她是在胡说八道。现在回忆起来，感到她一直就是知道贫民窟地下的秘密的，也许贫民窟的所有的孩子都同她一样早熟。那些小孩们不是故意跑到屋外去冻僵吗？夜半时分，谁又知道他们脑袋里转着什么样的稀奇古怪的念头啊。那个女孩后来远嫁了，离开了贫民窟，我不知道那算不算"逃跑"。在家里，她可是一个规规矩矩的小孩，成天诚惶诚恐，担心灾祸降临。她爹常笑说她"生错了地方"。我现在想起这个女孩，也是想的逃跑的事，我这算不算逃跑呢？这是不是她希望我来的地方？这里很温暖，又没有白天和黑夜，你想睡就可以睡，用不着到谁家的灶台上去，只要挖一个洞蹲在里头，免得别人来推你就可以了。至于没有光，只要眼睛习惯了也没什么关系。

糟糕，那个人将洗脚水倒进了我们的洞里。我虽及时跳了出来，可是飞鼠睡在了泥浆里头。他一点都不在乎，还是轻轻地打呼噜。“他啊，生活在梦想中。”那人说道，我是不喜欢自己身上弄得泥乎乎的，何况还是人的洗脚水，想想都恶心。飞鼠怎么会对这个一点感觉都没有的，实在想不通。再说这个人，恐怕有虐待癖吧，我最好离他远点。可是我一走，他就追在后面喊：“哪里去？哪里去？你想找死啊！”他说得那么凶恶，我又不敢动了。我站在一块大石头旁，那些小动物合力推我，使我一次又一次地撞到石头上。后来我全身的骨头都要散架了，我躺在地上动不了了，他们才罢手。我听见飞鼠又飞到了我的上空，那个人在说：“你看看他，他有多么从容。这种风度是学来的吗？不，这是天生的。”我看见那束光离得更远了，成了一个模糊的光斑。飞鼠在黑暗中飞过，它也许飞到别的地方去了，有对翅膀真好啊。我摸过他的身体，那是同我很相似的身体，看来翅膀是进化的结果。随时入梦，高兴待就待，要飞走就飞走，多么潇洒的生活。原来这就叫生活在梦想中。他是如何成了我们这个类别里头的特权者的呢？我就是再进化，恐怕也不可能让我的背上长出翅膀来。他是个异类。那么我是什么类呢？人们叫我“鼠”，可是我又不是一般常见的那种鼠，我的身体大得多。我独来独往，对自己的父母记忆淡漠，对同异性的苟合也没有兴趣，以后也不会有什么后代，我就是这样一个似鼠非鼠的家伙，一个蹲在贫民窟人家的灶台上吃闲饭的，一个稀里糊涂掉进了贫民窟下面的地道里的可怜虫。

我又开始挖洞了，一挖洞，又感到了那种兴奋，前脚后脚都变得痒痒的，不由自主地疯狂地刨土。用力，用力，真的有东西要出来了啊。我旁边有个家伙也在刨土，刨着刨着就突然嗷嗷地叫起来，他一定是刨出东西来了。我也要刨出东西来，我不能停下来，往左边，绕开那块石头！我的天，这么多的蚂蚁，我捅了蚂蚁窝了！啊！我猛地一下跳出洞子，发了疯地在身上一顿乱挠乱打，我恨不得将自己的耳朵都扯下来，那些小东西都钻到我的身体里面去了，它们咬破我的皮肤就进去了。真比死还难受啊。走投无路之际听见那人在冷冷地说："你啊，需要洗个澡。"他将木盆里的洗脚水弄得哗哗响。我也顾不得恶心了，一头扎进他的木盆里。他用双手按住我，吩咐我大口喝他的洗脚水，我糊里糊涂地就喝了不少。这时他将我连同木盆的水一道从木盆里倒出来，吆喝了一句："再去刨土！"就离开了。我哪里还能刨土，我不断地用脑袋撞地，心里想着："死了才好！死了才好……"然后我又在地上滚啊滚啊，滚了一会儿，脑子里猛地一亮，于是咬紧牙关又刨起土来。这一次，当我的爪子掘进泥土之际，我明显地感到了那些小东西正通过爪子回归到土里。刨了没有多久，身上就变得清爽起来。怎么会是这样？怎么会是这样？我对这块地产生了恐惧。

我坐在我刨出来的新洞里，周围是那些奔忙的小动物。我将自己的脑袋深深地埋下去，我怕他们撞着了我。我也不敢再往下刨，怕又刨到吃人的蚂蚁。当我这样脸朝下地蹲在那里时，就听到了一种隆隆的声音从更深更深的地方传来。如果我意念集中，那声音就很清楚，稍一松懈又听不到了。我在倾听之际想起了一件事，那是我当年睡在铁匠家发生的。那一家的小男孩叫“邻家弟弟”。邻家弟弟每天天快亮时就爬起来，外衣也不穿就推开门到外面街上站着。铁匠和铁匠老婆睡在床上喊：“弟弟啊，弟弟啊！”那喊声就好像他已经寻了短见一样。但他们为什么不起床呢？我走到门口，看见邻家弟弟还站在那里，他在同人讲话。“听清了吗？听清了吗？”他低着头焦急地问，就仿佛对方在地底下一样。他还跺脚呢。这边床上的两口子也在跺床板：“弟弟啊，弟弟啊！”急得都要发疯了。我也不知为什么就想起这个邻家弟弟的事来了。我很伤感，觉得自己再也见不着他们一家人了。“你听不到我，可是我听得到你。”一个小女孩（好像是兰）这样说。她在哪里说话呢？怎么像是下面？她不是远嫁了吗？“你听不到我，可是我听得到你。”她又说了。啊，真的在下面！我躺下去，将耳朵紧紧贴着洞底，这下听到了——那不是隆隆声，是兰在用银铃般的童声说话呢。怎么，兰还是一个儿童？她没有远嫁他乡？我明明看到她出嫁那天还带走了自己的小马凳嘛。虽然是银铃般的声音，可我听不懂她到底说些什么，因为她说的不是本地话，她那种话让我听久了就烦，就难受。于是我坐起来，不听了。有独轮车过来了，轮子哀哀地响得像小孩啼哭。这地下竟还有独轮车，是原来在这里的，还是从那个洞里掉下来的呢？那人停在了我旁边，他蹲下来，递给我两个饼。那饼很臭，有点像先前那飞鼠放出的屁的臭味。可是一得到吃的，我就饥肠辘辘了，我可是好长时间没吃东西了。我狼吞虎咽，几下子那饼就到了肚子里。那人笑起来，又到别处送食品去了。看来此地还是相当有序的社会呢。那么兰所在的更下面，又是什么地方呢？

我终于能够静下心来听小女孩兰说话了。我卧在洞底，将耳朵紧贴地面，她的声音就传来了。现在我听清了，那既不是隆隆声，也不是银铃般的童声，而是一个十四五岁的女孩的声音。她就是我熟悉的兰，那个带我去塘里玩水的女孩。我倒不是说我听得懂她的话了，我还是不懂，那种外乡话，每个字似乎听得懂，合起来呢又根本不知在说什么。可是不知为什么，我现在愿意听了。也可能是吃了独轮车上的臭饼，我有了耐力，也可能是那声音令我想起从前同她相处时的好时光，总之，我趴在地上专心地倾听着。她是怎么到了那种地方的呢？我这里虽黑，抬起头还可以看到一束光从那洞口射出，她那种地方一定是纯黑的世界了。见鬼，远嫁嫁到那种地方去了，她到底是怎么想的嘛。听她的语调，我觉得她在讲一个故事，也许是关于水塘的故事。我听着听着又回忆起同她的友情，我觉得自己爱上她了。我，一只“鼠”，爱上了一个女孩？！我吃了一惊，赶快打消这个念头。我就对着下面叫了两声，我的声音很尖细，类似于小孩的声音，只不过我不能像他们那样说话。我叫这两声的意思是告诉兰，我听到她的话了，我想念她。我刚一闭嘴，下面就乱套了，有好几个声音在那里争吵起来，她们好像都是兰的声音，又好像都不是，是一群外乡女子在那里闹。我运足了气，提高了嗓门又一叫。下面立刻沉默了。片刻沉默之后，又有更多的声音闹起来，声浪一浪高过一浪。

“鼠的工作是有前途的。”那个人说，“他学会我们的方法之后，就会担负起一定的职责。他是来学习的。”

他在我的旁边走动，我感到他是在自言自语。他为什么要自言自语呢？他在说什么呢？我听得懂他的方言，但不懂他的真正的意思。我的注意力转移到了他的身上。他是掉下来的吗？还是本就在这下面的？

“我听见他那一声叫，就对他寄予希望了。他同那些接上头了。他呀，以后会天天这样来叫几声。这地方的空气、伙食对他都有益处。”

他说我同“那些”接上头了，那么，我还要不要往下刨呢？有人在利用我，利用我干什么呢？下面闹得更厉害了，连我脚下的泥土都在微微震动。不知怎么，我并不想刨开将我同她们隔开的这些土，我有点害怕。我在心里对自己说：“兰啊兰，我们又在一起了啊。”这样一想又觉得有了安慰感。每当嘈杂的争吵一停下来，就听到兰一个人在说那句话：“你听不到我，可是我听得到你。”只有这句话是我听得懂的，但是兰为什么要这样说呢？看来这话不是对我说的，也许有个什么人在地底下同她对话。飞鼠从我上面飞过，我听到了他扇动翅膀的声音，他多么自由啊。兰被囚禁在下面了，不过听她说话，觉得她一点也不苦恼，好像还很自豪呢。我又回想起从前她对我说的关于逃跑的事。也许有两种逃跑，一种是往市中心跑，往外省跑，消失在茫茫的远方。还一种呢，就像兰做的一样，往下面跑。她是在水塘里顺着旋涡滑下来的吗？那时她爹笑她“生错了地方”。说不定是他让她下来的呢。很可能兰是在对她爹说话。一个人到了那么深的地底，还可以听得到家人在上面的所有活动，那会是一种什么样的情形啊。下面的那些女子平息下来了，咕咕咕的，像鸽子一样，也许是要入睡了。突然，兰厉声说道："那里是不能去的！"她的声音那么大，吓了我一跳，然后就一点声音都没有了。我坐起来，我听到周围的忙碌声，还有那个人的呵斥声。那个人，他一边洗脚一边呵斥，他总是嫌小动物们太懒了。

我一直在想兰的那句话，她说什么地方不能去呢？这个黑地道里，一定隐藏了可怕的事，今后我得小心翼翼才行，蚂蚁事件就是个很好的教训。为避免灾祸降临，我最好是坐着一动都不要动，这个新刨出的洞就是我的家嘛。我刚好想到这里，那个人就端着一木盆洗脚水过来了，他口里喊着："注意啊！"就将洗脚水倒进了我的洞。我又一次气急败坏地跳了出来，一边身上的毛都湿了。他老是同我作对，难道这下面的小动物都归他掌管？我在这个洞里可以听得到兰说话，现在他将我的洞又弄得不能待了，我换一个地方的话，是不是还听得到兰的声音就很难说了。要是听不到兰，该有多么寂寞。飞鼠又过来了，擦着我的鼻子飞了过去，放了一个奇臭无比的屁。我很想摆脱这个人，因为他总在留心着不让我休息，我感到他居心险恶。也许他竟希望我死，他的举动里头有这种意味。我不能尝试溜掉吗？

我一定要溜掉，这种地方，我搞不清哪里能去哪里不能去，我要逃到哪里算哪里。啊，这里有一道篱笆，篱笆里面难道是菜园子吗？可以听到有更多的小动物在里头忙乎。我一边沿着篱笆走，一边用鼻子嗅，很快就发现了一个破洞，我从那个洞钻了进去，来到更为热闹的场所。然而更不好待了，凡是从我身边过去的都在推我，这是不欢迎的表示。我待了一小会儿就发现了区别，这里的小动物们都不挖洞，他们有时动，有时静。当他们静的时候，远处便响起一种唿哨声，唿哨声一停，大家就一窝蜂地往那个方向拥去。当他们奔跑时，唿哨声就不再响了，于是这些家伙的脚步犹疑起来，最后又停下来了。然后又是静静地倾听。过了不久，唿哨声又在另一个方向响起来，于是大家又一窝蜂往那个方向拥去。跑了没多远，又停下了。我在他们当中，我感到很紧张，这里既紊乱，又有序，这里的一切都由那种奇怪的、不知从哪里冒出来的声音决定。不，我不能适应，他们跑得那么快，他们奔跑时就将我撞倒在地，从我身上踩过去。于是当他们下一轮倾听的时候，我就摸回那个破洞所在的地方，我要出去。我刚刚向篱笆外探了探身子，那个人就一拳打在我鼻子上，吼道："你找死啊！"这一拳真厉害，我差点被他打晕过去了。我坐在地上，听见他还在说："谁要临阵逃脱？试试看，我倒要看看他的脑瓜是不是铁制的，哼！"我当然不敢再尝试了。现在我唯一的出路就是同里面这些家伙一起疯，因为坐着不动也是不行的，那样的话会被他们踩死。瞧，又开始跑了，我忍着鼻子的疼痛，同他们一块跑。可他们只跑了没几步就停下了，而我呢，没反应过来，还在跑，结果就绊倒在某个家伙身上了。那是一个大家伙，有獠牙的那种，它的长嘴在我肚子上嗅了好久。我闭上眼，等着死亡降临。幸好这时那种嗯哨声又响起来了，他扔下我就跑了。我趴在地上，任凭那些家伙从我背上踩过去。我担心他们会将我踩成肉酱，可是还好，过了一会儿他们就不踩我了，都从旁边绕过去。我无意中又触到了篱笆，这里的篱笆也有一个洞。我要不要出去呢？那人会不会也守在这外面？没有，他没在这里，我出来了。周围静静的，是荒野吗？啊，我看见了房屋，窗前有一盏油灯！地底下怎么会有这个的？

我一边朝那屋子走去，一边想着刚才那人说的“找死”的话。这就是去找死吗？屋里会有什么呢。哈，屋门口有一个小孩在刷牙，他吐了我一脸的水！“他要进来就让他进来。”屋子里头有人在说话，这不是让我吃毒蘑菇的主人吗？我就进去了，嘿，还真是他家！好啊，好啊，我已经回到贫民窟了。其实刚才我在路上就发现了前方影影绰绰的有些房子，但我不敢相信。我爬上他家的灶台，有种到家了的欣慰感。主人拿出一个碗，盛上饭菜摆在我面前，我一看，是毒蘑菇，饭里头一共有三枚。我虽饥肠辘辘，可还在踌躇着。我真的是来找死的吗？我可不想死！主人正盯着我呢。“吃吗？不吃我可就拿走了。”他似乎在轻笑。我连忙埋头吃了起来，连味道都没有细尝就吃完了。我脑子里一片空白，听见这个人拍了两下手掌，说：“好！好！”到底“好”什么呢？现在应该是夜里吧。可是我听到他说：“我去把那条路修一修。”他背了锄头就出去了。外面那么黑，他去修路！我跳下灶台，在房里巡视了一番。房子还是原来的房子，家具也是原来的家具，那个小孩坐在八仙桌底下玩一个陀螺。陀螺旋转时，发出很大的蜂鸣声，弄得我很紧张。那么，现在不应该是夜晚，人们都在活动嘛。可是这么黑，还得点灯，他们又是怎么看得见的呢？小孩用一只手稳住金属的陀螺，对我说：“鼠啊鼠，你干吗来我家？爹爹到后面挖坟去了。你快到这里来，我们一起玩陀螺，只要陀螺不停，爹爹就不会杀你。”他用一种奇异的手法往陀螺上头一使劲，陀螺便飞快地旋转，嗡嗡声令我头痛欲裂。那人进来了，放下锄头，东看西看，可能是在找我。我听见他从灶台上拿了我吃过饭的碗去洗，口里在咒骂着什么。小孩附在我脸旁说：“爹爹最怕陀螺。”他让陀螺停下来，叫我试一试。我的鼻子刚一嗅到那东西，它又飞旋起来，甚至脱离了地面。小孩夸我说：“你的技巧真高。”

但我还是受不了陀螺旋转发出的声音。有几轮我甚至都想跑开了，可刚跑两脚又回到了桌子下面，因为那小孩对我喊道:“你找死啊!”奇怪,他的声音就同地下那个用木盆洗脚的人的声音是一样。后来小孩将陀螺收进他的衣袋里面,说:“我要给点厉害给爹爹看。”他让我同他一道睡在桌子下面。主人进来了,站在屋当中焦虑地跺脚,大叫“土生!土生!”。他是叫他儿子,他难道看不见我们在桌子下面吗?“土生!”他咆哮起来,一下子就撞到墙上,竹篾墙上糊的干牛屎都散落一地。土生紧紧地搂着我,因为暗笑而全身发抖。我也在发抖,却是因为怕土生。这个小孩连爹爹都可以控制,如果他要弄死我还不容易?我看见主人脸上流出血来了,他从地上爬起,沮丧地回到灶台那边继续收拾餐具。他的确害怕他儿子。

土生要我今后就同他一道睡在桌子下面,“想什么时候玩陀螺就玩”。他还将陀螺从衣袋里拿出来,叫我将脸放到上面去擦。我每擦一下,脑袋里头就轰轰地放金花。虽然难受,精神却是出奇的振奋。“好了好了。”土生说,“这桌子下面以后就是我们的地盘了,你也不要再去睡灶头了。”他这样说,我就想起他爹。他爹是个好人,于我有恩,我竟怀疑他要毒死我!我很想去向主人表示我的悔意,我听到他在哭,他可能以为他儿子丢了呢。土生不让我离开一步,他说爹爹哭的时候是不能去打扰的。我听到门一响,外面有人进屋来了。土生做了个鬼脸,将陀螺拿出来用力一旋,那人发出一声怪叫立刻跑掉了。我呢,我倒是有点适应这个陀螺了，难受的程度也减轻了一点。难道这个小东西使得我和土生隐身了吗？他爹怎么看不见我们了呢？神奇的陀螺！神奇！世上怎么会有这样的异物啊。

“土生，土生！我看不见你，我知道你看得见我，你答应一声啊。”

他这话听起来很耳熟，我听谁说过呢？他悲悲戚戚地提着篮子出去买菜去了。我的心像被压了一块石头。

土生让我搂着陀螺睡，说这样会有很好的事发生。在梦里，我睡在一个巨大的旋转的圆盘之上，我眼里看见的一切：花草啦，树啦，石头啦，小兽啦等等，全在向上飞升。而太阳，反而下来了，在我眼前来回滚动，我好像一伸爪子就可以触到它。什么人在圆盘下面焦急地呼喊：“你看得见我吗？喂？你看得见我吗？！”

我就在这一家安居下来了。贫民窟是我的家，我生在这里，长在这里。我不记得我有多大岁数了，可是我记得很久很久以前的事。那个时候，洼地里的房子刚刚盖起来，不像房子，倒像临时的工棚。房子盖满以后，太阳就缩进去了，只能照到那堵围墙之上。那些孩子们啊，倒地就睡，在清晨的薄霜里冻得小脸发紫。这些我都记得。

贫民窟的故事（三）

我同人的纠缠也许是我一直待在贫民窟不离开的主要原因。那时我还很小很小，身上只有浅浅的一层毛，被放在一家人家的灶台上。是妈妈将我生在那里的呢，还是这家人家收留了我？我待在一个陶钵里头，钵底铺了些碎布。如果火烧得太猛，钵子就变得滚烫，一不小心就烫着了我的皮。很长一段时间，我身上伤痕累累，一块一块的皮肤都变了颜色。吃的东西呢，是主家给我的一种糊糊，棕色的，很辣，放在很小的碟子上。可能那种糊糊还有催眠的作用，我吃了以后整天在睡，身上烫伤的痛苦大大减轻了。可是因为不清醒，因为在陶钵里面乱滚，又被烫伤了更多的地方。可以说在那个年头，我身上没有几块好肉，我只要醒来睁开眼身上就疼。我想跳出这个陶钵，可是我脚上的水泡破了，变成一个溃疡，我怎么能够跳呢？有时候，我听见主家夫妇议论我：“小家伙会死吗？”“死不了，他贱着呢。”他们是有意烤我，还是他们根本不知道？

虽然身上到处受伤，我还是慢慢长大了。有一天，陶钵被他们家小孩打翻，我就出来了。我出来一看，陶钵悬在灶台边上，眼看就要滚下去。我感到急火攻心，就用自己的头猛地一撞，那陶钵就掉下去了。我伸头一看，碎成了几大块。我再看屋里，都是我没看见过的陌生的东西，我不知道那是些什么东西，是后来才慢慢弄清的。只有一样东西我成年之后才弄清，那是一个白胡子老头的画像，挂在墙上的镜框里。我始终认为那是一个真人，因为这一家的夫妇两个总是对着那老头说话。出门的时候说：“爸爸，我走了。”进门时则说：“爸爸，我回来了。”在外头做了什么事回来也要问：“爸爸，我这样做对吗？”他们一说话，镜框就摇晃起来，“当当”地作响，仿佛在回答他们。

我的伤很快就好了，不久我就可以从灶台上跳下去了。我跳到桌子上，我用后腿立起来，前腿趴在墙上，我力图接近那白胡子老头。突然，我的后脑勺像被闷棍击了一下，然后我就不省人事了。

我醒来时，发现自己睡在街边，于是我就知道了房子外面还有街，还有这么大的贫民窟。而从这时起，关于贫民窟，关于上面的城市的记忆也在我脑海里一点点地复活了。一天里头，我就将整个贫民窟全部熟悉了，因为它的每个角落本来就在我的记忆里头。夜里，我回到那家人家的灶台上去睡觉。他们似乎很欢迎我，还给我准备了饭食。他们家的小男孩说："他出走了一天又回来了。"但我并不是自己出走的，是有人将我放到街边去的。谁呢？我不由自主地抬头看墙上的老爷爷。啊，油灯下，看不见老爷爷的脸，只有他的两只眼睛在喷火。我想起了上午的遭遇，吓得怪叫一声往屋外冲去。主人夫妇一齐出来了，他们一把捉住我，拍着我的背，反反复复地喊我："鼠啊鼠啊，回来！回来！"我停止了挣扎，他们又把我带回了屋里。我待在灶上簌簌发抖，我已经认定是墙上的老爷爷用棍子将我打晕，然后将我扔到外面去的。后来男主人将门和窗用什么东西紧紧插上，使我无法弄开，他们就睡觉了。我也想睡，可是我感到自己被那两道燃烧的目光瞪着，怎么也睡不着。我满脑子全是火苗。我强迫自己决不往那边墙上张望，我将目光固定在墙角的一个黑角落里。当我这样做的时候，我就想起了城市。城市那么大，可是城里没有人，玻璃房子空空荡荡，而人，都住在下面的贫民窟里头。真伤感啊。我记得那些一栋挨一栋的玻璃屋，我一低头就想起来了。

我决定，总有一天我要到那上面去看看。我听主人说过那上面并非一个人都没有，零零星星的有些人藏在那些木桶啊，果皮箱啊，垃圾站啊什么的里头。到太阳落山时他们就会钻出来，跑到空空荡荡的大街上去闹。

我就这样胡思乱想，像贼一样在屋里到处躲藏。后来我发觉，不管躲在什么隐蔽的地方，始终躲不开那两道目光。我不明白，这位老者，他为什么不从镜框子里头走出来呢？是他自己还是他家人将他封在那玻璃后面的呢？深夜墨黑的房子里，主人夫妇相互紧紧搂着睡在床上，隔一阵子，他们就会轻轻地喊出一声："有鬼！"他们沉浸在自己的梦魇当中，也顾不上来干涉我了。我睡在米桶里也好，大柜里头也好，他们都没注意到。当然，我身上的毛掉落在米里头，他们在吃饭时就会大惊小怪一阵。他们不会想到是我弄的，他们最不善于联想了。还有一次，我居然睡到他们的那张宽大的床上去了。我藏在靠墙的角落里，近距离地听到了夫妇间的对话。一个说："你以为爹看不见啊。"另一个说："我躲进梦里去总可以吧。"奇怪，他们说这两句的时候我再看那墙上，就看不到那喷火的目光了。我吃了一惊，心想，难道我进入了这两个人的梦？可这时那女的尖叫一声："有鬼！"随着这一声叫，那两道目光又射过来了。这时男主人就说："爹爹啊爹爹，爹爹啊爹爹。"他们夫妇钻到了被子的中间，被子像小山一样凸了起来。我心里害怕，就偷偷溜下了床。我鼓起勇气向外探出身子，我看见了什么？昏暗的路灯下，有人蹲在那里宰杀一只白猫，那叫声令我倒退几步，赶快用脑袋将门顶上了。唉，同外面的恐怖比较起来，屋里还算是个避难所呢。月光射进房里，床上那座被子的小山朦朦胧胧的。我记起了祖先所在的一个牧场。牧场很大，一眼望不到边。那时我们家族的那些家伙在牧场上奔来奔去的，他们也在躲避什么，就像这屋里的两个人一样。他们往往一蹿就蹿到牧场中央的那口水塘里去了。第二天，水塘里就浮起了这些不会游泳的家伙的尸体。我沉浸在回忆之中，试图弄清我的祖先到底在躲什么。

我独自在家中的一天，他们家的儿子小木闯了大祸。他将那镜框的玻璃用弹弓打碎了，玻璃戳坏了老爷爷的脸。小木做了坏事就躲出去了，一直到夜里都没回来。主家夫妇对这事沉默着。他们将坏了的镜框连同老爷爷扔进一个很旧的箱笼里头，以后就再也没理会过了。每一天，我都为一个问题所困扰：老爷爷还活着吗？有了以前的经验教训，我是不敢去揭开那个箱盖的。老爷爷的威胁是不存在了，可是家中的气氛并没有松弛下来。沉默比以前的忽惊忽乍更为可怕。也许，因为儿子的失踪这两个人已经麻木了？我很想出去找一找小木，帮帮他们的忙。可是出于一种自尊的心理，我不愿在白天出门。我觉得我自己的形象不太雅观，而且既不像鼠，又不像兔（这两种动物我都记得他们的样子），必定会引起很多人的注意。我可不想被很多人围观啊。夜里我开过两次门，两次都看到那个人蹲在路灯下面杀猫。一次是一只黑猫，一次是一只黄猫。猫的惨叫差点使我晕过去了。屋里的两夫妇不再躲在被子里头，他们衣也不脱，就靠墙坐在床上打盹。我从他们的床底下慢慢地走出来，我听到叹息声从那箱笼里发出来，一声接一声的。我心里设想老爷爷一定被打坏了。我想不通这夫妇俩从前对他那么唯命是从，如今为什么胡乱将他塞在旧箱笼里头就不理会了，连起码的孝心都没有了。他们夫妇穿着衣坐在床上，是在等待什么事发生吗？他们对房里的叹息似乎不在意，因为两个人都在轻轻地打鼾。我悄悄溜到箱笼边，将耳朵贴上去。我听到里面发出玻璃炸开的响声，我真是吓坏了。忽然，主人说话了："我们家那只新镜框呢？明天记得挂上。"然后女主人就咯咯地笑起来了。她笑得很突兀，也许是在做梦。

我想念起小木来。家里没有了小孩真寂寞啊。小木在家里没有床，他到处乱睡。我以前对这点觉得奇怪，后来时间长了，我也觉得他不应该有床。因为他睡得极少，总在钻来钻去，一夜要出门五六次。我不太清楚他到底忙乎些什么，我只知道主人对这个调皮儿子是很满意的。时常，他们在夜里躺在床上议论儿子的前途，似乎他们觉得这个儿子可以改变家里的贫穷局面。可是他们又非常害怕这种改变。他们说，万一改变发生了的话，他们就要双双出走呢。小木经常把家里的东西拿出去卖掉，有一次我看见他就在门口同人做交易。如果女主人烧菜的时候锅铲不见了,小木就说是我拖出去弄丢了。“他只顾自己好玩，什么都不管。”他对女主人诉说，搞得女主人对我一瞪眼,做出要打我的样子。但他们从未打过我。后来她找了根木棒暂时代替锅铲。虽然小木待我一点都不好，我还是觉得他有趣，依恋他。我想，主人夫妇大概同我的感觉也差不多吧。这个孩子就是讨人喜欢，也讨我喜欢。你前一刻还看到他坐在家里，下一刻呢，他就到了邻家的屋顶上，也不知怎么上去的。

难道白胡子老爷爷死掉了吗？我没法判断，我只知道男主人和女主人已经不把他放在眼里了。我想象着被关在箱笼里头的老爷爷，还有他那被玻璃扎坏了的脸，不知怎么，我很悲伤。我记起那回事，我想，也许不是他将我打昏，扔到街上去的？那么是谁呢？是小木吗？是他不让我接近老爷爷吗？隔了两天，他们真的弄了个新镜框挂在墙上了，不过镜框里头不再是老爷爷，是一朵黄菊花。这朵黄菊花比我记得的那些差远了，有点无精打采，有点枯萎，背景呢，是灰蒙蒙的天空。挂上了黄菊花之后，这夫妇两个就不再同镜框对话了。他们站在那里，注视着那朵花，也不知他们心里想些什么。我在心里猜测：莫非他们把那朵花当他们父亲了？我对他们很不满意，因为在夜里，当我将耳朵贴在箱笼上时，我仍然可以听到里头发出微弱的呻吟声。现在他们完全不管他们的“爸爸”了，只管那朵花。我终于明白了人的感情是多么容易转移，人又是多么薄情！我想，我们大概是不同的。我，被遗留在灶台上的陶钵里、让火焰烤大的孤儿，我至今仍然记得我的父母、我的祖先，还有我的家乡——那个牧场，以及牧场中央的那口水塘。这些我都记得很牢，毫不费力地就可以想起来。可这两个人，昨天还口里叫着“爸爸”，似乎一刻也离不开，今天就忘得干干净净，只会对着一朵小花儿抒情了。而他们的爸爸呢，被他们关在一个破旧的笼子里，永世也不得出来了。我还处于分不清肖像和真人的年龄，所以我对主人夫妇由不满而生出了愤慨，我决心离开他们家，向外探索出一条出路。

我看见他俩一前一后推着三轮车出了门，我知道他们是去贩大米，他们就是以此为生。一般他们一去就是一天，要晚上才回来。他们走了以后，我到灶台上去饱餐了一顿，然后跳下来，走出房子到了外面。我的主家的房子在这一排房子的末尾。我沿着墙根溜了好久，居然没碰到一个人。那些房门敞开着，人都到哪里去了呢？忽然一个小孩从一家人家的房里飞跑出来，他身后响起尖利的咒骂声。是的，我看清楚了，那正是小木，他穿过小街，消失在一栋式样奇怪的房屋后面。我也跟着他穿过小街,到了那栋房子前面。这栋房只是看起来像房子，它有屋顶，屋顶上盖着草。仔细一打量，便发现它既没有门，也没有窗，就连墙也没有——它是一个实心的东西，有两个洞通到里头。我站在那里不敢进洞。过了一会儿，小木从一个洞里走出来了，他微微弯着腰，免得洞顶碰着了他的头。他看到我,便走过来抱起我连举三下，然后拍拍我的头放下我，说:“鼠！鼠！鼠！我想念你！”他的衣服很脏，上面有很多破洞，他浑身散发出一股臭味。这个小孩，现在他过着一种什么样的生活呢？他看见我凝视着那个黑洞，就哈哈笑起来，说:“这是牢房呢。”他说到“牢房”时，我立刻就记起了我祖先的那些笼子。那些笼子放在草原上，一排一排的，每个笼子的前面有个门，如果谁进去了，那门就自动关上，再也打不开了。进去的那些同胞一开始都很兴奋，很急躁，不断地在里头冲撞，弄得那些铁笼子摇摇晃晃的。然而只要夜里一来他们就安静了。草原上那清冷的夜空啊，你想象不出她的威力！我的同胞们在笼子里头安静下来了。可是他们还要待好久才会死去，他们知道这一点。家长们从笼子前面走过时，笼子里头的孩子们已经进入了冥思。我想到这里时，小木就玩笑似的推了推我，问：“你想进去吗？你想进去吗？”我觉得我还没有想好，就一个劲地往后缩。小木哈哈大笑，告诉我说这是一个假洞，从前面进去，从后面就可以出来。“你看看我，还不是好好的。”他说既然我不愿意那就算了，在外头转一转也很好。我们绕到房子的后面，我看了又看，并没有看到那两个洞的出口。小木告诉我说，那种出口用眼睛是看不见的。

遇到小木之后，我就忘了我出门的目的了，我死心塌地地跟着他。我也不知道自己怎么会这么没有意志力，我回忆我的祖先，他们当中并没有谁对人类这么依恋的啊。我的祖先都是敢于独来独往的勇士，没有谁会怕死。小木走一走，又停下来抚摸我一阵。他这是什么意思呢？我紧张起来，记起了他用弹弓打碎老爷爷镜框的事。他其实是非常凶狠的。我注意到有些人呆呆地站在路边看我们，我们走出好远后他们还在看。小木到底在策划什么呢？我们走过一排房子又走过一排房子，我以前从来不知道贫民窟有这么大，我只是站在小木家的门口看到过一点点远的地方。有时候，我看见一名妇女推门出来，女人见到我就像见了鬼一样，她赶快又躲回屋里去了。所以那个时候，我知道贫民窟很大，但大到什么程度是不清楚的。在我记忆里头，草原才是天空下面最大的。

不知走了多久，我发现我又来到了那栋实心的房子面前，小木说："鼠啊，我们到了。"天色暗下来了，那两个洞吓人地看着我。小木说他要休息了，就钻进右边那个洞里去了。我惶恐地站在那里不知怎么办才好。前面的路灯下，那个人又出现了，他蹲在那里宰一只黑猫。黑猫叫出第一声时，我就要发疯了。我就这样钻进了左边的那个洞。我进了洞，那吓人的叫声还是传到耳朵里，我只好往前急走，我走了五六步，就看见洞口，我就出来了，转身一看，果然是那栋房子的后面。我想退回洞里去，因为猫叫还是能听到。洞在哪里呢？我想起小木告诉我的话。我就用手到墙上去摸，摸了一会儿，无济于事，根本就找不到洞口。那么将就着在这屋檐下休息一下吧，乱走的话怕出事。再说猫的叫声也小下来了，可能他快断气了。我缩成一团蹲在那里给自己取暖，我前面的围墙上面有两颗星星在抖动。夜晚越来越冷，星星也抖得越来越厉害，好像要坠下来一样。我想起从前草原上空的那些星，它们一动不动地缀在夜空里，那才是永恒之星啊。这两颗星星是怎么回事呢？我都为它们担忧呢。果然，猫儿叫出最后一声断气之际，其中一颗就坠下来了，它还在空中跳了两下，画出一个"W"字母的白线。"鼠啊，你可不要迷在那种事里头啊。"小木在洞里对我说话呢，他自己一定躲在暖和的地方，却丢下我一个在这外面受冷。他好像不赞成我看星星。好吧，我这就不看了，让我闭上眼吧。可我立刻又张开了，多么可怕，我看见了——不，我看见的东西说不出来，永远说不出来，我不敢闭眼了。我的心怦怦跳个不停，心有余悸啊。就让我看着地下吧。小木是怎么回事呢？他不回家，可也不远行，就在贫民窟钻来钻去的，真是个怪孩子。他见过草原之星吗？恐怕没有，他要是见过的话，早离开这里了。城里的那些玻璃屋，同草原的天空比起来算什么啊。打个比方吧，一个是大象，一个是灶角的蛐蜒，嘿，刚才我想什么啦？难道我看不上灶角的蛐蜒啊？那些阴沉的家伙可厉害呢，你根本猜不出他们在想什么，而且他们最喜欢扎堆，一扎了堆，把你恶心死。啊，我最怕的那种风又吹起来了，像什么东西在咬身上的骨头。小木，小木，你太狠心了，你应该让我至少有个避风的地方啊。我张开嘴，想大叫一声，但我的嗓子又破又哑，费了老大的力气只有自己听得见。我偶尔一抬头，看见围墙那里黑糊糊的，即使再怎么看，也看不见星星的踪影了。我的眼睛解放了，我可以胡乱张望了。我看见那人抱着死猫骑在围墙上，路灯照着他那张苍白的脸，他隔一会就将鼻尖凑到那只猫身上。他好像在闻猫身上的气味。这世上就有这么些有怪癖的人。你以为他以杀猫为乐吧，他那副样子却又悲痛得不得了一样。

大约快下半夜时，小木才从洞里出来。当我看见他的时候，他已经朝我弯下腰来了。他用手来摸我的鼻子，我弹了起来，那只手冷得像冰块。他说他在冰洞里蹲了大半夜。“像鱼一样被冻在那里头一动也不能动。我啊，在外头待久了就得进去冻一冻，不然我身上就发臭。”我想起来了，小木在家里时从来不洗澡的。没想到里面这么冷，刚才我还抱怨他不让我进去呢，这么冷我可受不了。小木说：“你身上没有腐败的东西，不需要冰冻。”他让我跟他走。我们在昏暗中穿过几栋房子，来到一间草屋里。草屋很矮小，里头居然点着油灯。一个小铜盆放在地上，里头盛了半盆水。小木从衣袋里掏出一包粉末，倒在盆里。那粉末有浓烈的芳香味，一会儿家鼠就成群结队地来了，至少有一二十只吧。他们纷纷攀住铜盆的边缘溜了进去，然后再翻着灰白的肚皮浮上来。他们做这件事的时候那么迫不及待，一共只有一顿饭工夫就全部解决了。我在心里反复对自己说：“该死的，该死的！”我暗暗着急。小木弯下腰将那些尸体捞出来，放到旁边的一个纸盒里头。这时我闻到那股异香越来越浓了，令人头晕得想吐，而小木的声音仿佛浮在空中：“鼠啊鼠啊快进去！”好像有什么在背后推我一样，我用力一跳就掉进去了。我沉下去时脑子里黑黑的，只有一个念头：完蛋了。

醒来时已是第二天，也许是小木将我放在一块麻石上晒太阳。我周身疼痛难忍，睁眼一看，皮肤上到处裂着一道道口子，看得见里边的血。小木呢？小木不在。我的身旁，那些独轮车过了一辆又一辆，有时眼看就要压着我了。我想，再不离开必死无疑。我用力往旁边一滚，痛得几乎晕了过去。我滚到一家人的门槛那里了。门外一摊一摊的尿，我就睡在尿里，伤口被尿一浸，像刀子在割。屋里一男一女在高声说话，竟然是我的男主人和女主人。男主人说："小木偷去的香料用完了吗？"女主人说："还有一包呢。他偷走了两包。"他们说完之后，有一个苍老的声音在屋里响了起来："你们在寻死啊！"然后屋里沉默了。可以听到男女主人在低声说话，叹气。他们一定看见了我，他们在商量如何处置我吗？我盼望他们将我从地上捡起来，抱回家去。我想念我在他们家度过的那些日子，毕竟还是家里好啊。像这样子被弄得遍体鳞伤躺在路边算个什么呢。主人们却并没有要来管我的意思，我听见他们在说小木的事。我在心里一遍又一遍地说，小木，小木，你这个小流氓，你同父母在合谋一件事吗？当那苍老的声音再次响起之际，这一男一女就惊慌地跑出去了。他们甚至连看也没看我一眼，一定是这样。"你是他们家的鼠啊。"那个老者在我上方说道。我用力侧转头向上看去，看见门框上挂着旧镜框，它微微地颤动，正在往下掉玻璃渣呢。这就是老爷爷啊，可我根本看不见他的脸了，只有玻璃渣黏在那框子里。突然，那里头大叫一声，相框子飞了出去，落在屋前的路边。一会儿就有一辆独轮车从它上面压过去了。我想挣扎着站起来，挣扎了几次，没有成功。从这一家的房里跑出来两个小孩，他们弯下腰，好奇地打量了我好久，将我称为“伟奇”。我不知道他们为什么要给我取一个人的名字，我已经习惯了那一家叫我“鼠”。“伟奇要同我们住一阵子了，我们可要把他藏好。”高的那个将我抱起，我看见他是一个独眼人，不，他是两只眼长在一起的。他的两只眼都不看对象，而是相互看自己，给我一种奇异的印象。两只眼怎么能相互看？可这事就真真切切地发生了，而且被我看到了。我还没来得及习惯这种事，他们就将我关进了一个墨黑的地方。这里头有很多羽毛，我一躺上去，羽绒就腾起来。我虽然呼吸困难，却没有那么痛苦了。听见那两个男孩在房里争吵，然后他们一齐高声说：“让太爷爷决定！让太爷爷决定！”随着响起玻璃破碎的声音。难道这房里还有一个镜框子啊？

当他们打开我栖身的箱子的门时，我把这两兄弟看清楚了——他们都是两只眼长在一起的，都是不看外面，只看自己。他们让我吃盘子里的一种红色的酱。那酱很辣，我的喉咙和胃里像着了火一样，不过我很舒服，身上的痛完全消失了。

我要在这一家住一阵子了。贫民窟是我的家，无论哪一家我都可以住。两只眼长在一起的孩子会怎样对待我呢？我现在名叫伟奇了，我必须让自己适应这个名字——伟奇。瞧，他进来了呢。他虽然不看我，可我一看到他脸上那两只相互对视的眼睛，我就不自在了。我真想躲到他家的柴堆里头去。

贫民窟的故事（四）

深秋的一天，我爬上了这家的茅屋顶。啊，我舒出了一口气。下面那两个人还是打得很厉害，那些陶碗啊，陶壶啊，全被他们砸烂了。有两个月了，我一直在心惊肉跳中度日。尤其是那位哥哥，那两只挤在一处的凶狠的黄眼睛，我一见到它们就觉得自己末日来临了。虽然这两只眼睛并不威胁我，而只是相互威胁，可我总觉得同自己有关。屋角什么地方日夜都响起磨刀的声音，哪里那么多的刀来磨？我蹲在屋顶，心里很害怕他们发现我。要是在底下，他们打完架一看见我就把气撒在我身上。有一回，那个哥哥差点割下了我的耳朵。我在偷偷地考虑我要不要离开的问题。几个月了，我在这一家同这两兄弟过着暗无天日的生活。我嘛，通常是躲在床下的一个纸盒子里头不出来。因为没事可做我就在那里头想心事，我想的事都是很阴沉的，主要都是为贫民窟担忧，其中最大的担忧是洪水。我想，要是洪水淹到了城里，整个贫民窟就非得成汪洋不可。我记忆中一百多年以前发过一次洪水，那时贫民窟的人都逃光了，只剩下家鼠。后来家鼠在一夜之间全部毙命。家鼠为什么不逃走呢？他们对这类自然的变故应该是最敏感的啊。我可不愿意贫民窟变成汪洋，这里是我的家嘛。我虽然一旦在某家人家住下来，就不再外出，可是我每天都在脑海里神游这个地区，我将这里的房子按我喜欢的顺序反复地排列，打乱，再排列……有时，寂寞的漫漫长夜就这样过去了。在我的想象中，连成一排的房子都被我割开成了一栋一栋的，每一栋都有个地下室，地下室里有一名城里来的石匠在那里凿石头。我觉得这样的画面很美，我就像我记忆中的那位祖先一样，是个唯美主义者。那个祖先，为了同太阳对话，在草地上被毒日活活给晒死了。当时整个牧场都在传说他的事迹。

我不能弄出响声来，因为他们已经发现我不见了。“伟奇！伟奇！”他们在喊我，在屋子里到处搜寻，他们气急败坏了。后来，大概他们认为我已经逃走了，就一前一后出门去找。看见屋里空了，我就从那个洞里溜下来。我累极了，想睡。屋里到处是陶片，那两张床上被泼了很多水，我用来睡觉的纸盒也被他们弄湿了。管它湿不湿呢，先钻进去睡了再说。我正要睡，兄弟俩进来了。弟弟口里发出杀猪般的叫声。我伸头一看，原来他的右脚被一根竹签戳穿了，哥哥在旁边看着，两只血红的眼对视着，双手攥成拳头。糟糕，我又睡不成了，这个弟弟，谁让他老打赤脚啊。他脸色苍白得吓人，好像痛得要晕过去了，口里却在喊："伟奇！伟奇！我死不瞑目啊！"奇怪，他喊我，难道我同他的受伤有关系？我偷偷地从纸盒里溜出来，溜到了屋中间。弟弟的双手使劲地挥着，仿佛在同谁打架。我注意到他的两眼哪里都不看了，就翻着白眼。莫非他要死了？哥哥垂下了他的头，那背影有点悲哀。我靠近他，他看都没看就踹了我一脚，将我踹回床底下。怎么，他们都不欢迎我？可那弟弟又为什么要喊我的名字呢？他又喊了："伟奇，我要带走你！"他说这句话时就伸出手去，像要拔那竹签。他把我当成竹签了吗？他的神智完全错乱了吗？啊，他真的拔了！竹签血淋淋地出来了！他从椅子上跌到了地上，头向后仰，两臂在胸前交叉。我不知道他死没死。我悄悄地从床底下爬出来，闻了闻地上那根竹签。啊，这是什么？竹签在我鼻子下面跳了两跳，变成了软绵绵的、肉质的东西，黏糊糊的一长条，其中一端还有只小眼睛。那是我们种族的眼睛。圆圆的，不知害臊的那种。怪不得刚才弟弟把这种东西叫作“伟奇”呢。再看弟弟的脚，伤口已经不见了。“你，把那东西吃下去。”哥哥对我说。我回过头来看见他——他的两只眼已经变成了一只！那一只椭圆的眼在眉心正中，里头并列着两个瞳仁，两个瞳仁里头都映出我的影像。我只看了一眼就吓坏了，赶紧将自己的头紧贴地面，等待打击到来。哥哥却并没有攻击我，他只是将那一条东西放到我鼻子面前，哄劝道：“伟奇，你吃下去啊，吃下去什么事也没有。”我试着咬了一下有眼睛的那一头，那眼珠一下就弹出来，溜进了我的喉咙，于是我糊里糊涂地就将那一条吃下去了，嚼都没有来得及嚼。我感到它停留在我胃里头，一股咸咸的味道溢到我嘴里。那是弟弟的血吗？我很不舒服，就蹲在墙角喘息着，心里只想吐。哥哥说：“伟奇啊，一会儿就会下去了，不要急。”也许发出咸味的是那只眼睛？我的天啊。在牧场上，如果你细看，就会看到草茎下面藏着那种眼睛，那是同我父母一样的眼睛，到处都是，到处都是……我的头有点晕，我闭上眼，想让自己睡过去。

我听见两兄弟在压低了喉咙说话，他们倒是不吵也不打了，好像是在那里算账。我这么难受，难道快死了的竟然是我？我感到我的嘴和喉咙都肿起来了，我的舌头变成了一大块石头，在口腔里动也动不了。“三五一十五嘛。”弟弟在说。“对，减去一十五。”哥哥回应道。他接着又说：“那你认为他来我们家里以前已经活过了多少天呢？”于是弟弟在那里念念有词地做心算。他们是在算我的年龄，还是算我的死期？我忽然感到我的眼睛转不动了，我的目光固定在视线前方的一块墙上，那块墙上有一只红色的蝎子，他正缓缓地往我这边爬过来。他是杀手吗？我弄不清这事了，因为我的视线正在模糊，那只蝎子变得越来越大，越来越可怕。然后，我的鼻子被蜇了一下，我就什么都不知道了。

我醒来之后听见他们所说的第一句话是：“伟奇还有三十天。”我心里先是一冷，眼前黑黑的，然后忽然又轻松了。因为我感到浑身都舒坦了，肿也消了。再一看，死去的不是我，是那只红蝎子——它变得扁扁的，贴着地，生命从他体内消失了。哥哥用一把火钳夹起蝎子，将他扔进了垃圾桶。

他们俩出了门，房里静静的，我蹲在那里，回想起我吃下去的那只眼睛和那一条东西。忽然，我没有转动脑袋就看见了我背后的那只家鼠。多么奇怪啊，我是用我的背看见的，我背上有了一只眼睛！是不是那只眼睛？一定是的！家鼠机警地出了洞，看看房里没人，就轻松地爬上灶台，将我的那些食物吃了个精光。家鼠一点都不将我放在眼里，腆着肚子大摇大摆地回洞了。幸亏我不想吃东西了，我心里头的恶心感觉还没有完全消失呢。他们说我“还有三十天”，是什么意思呢？我曾听到过一天等于一年的说法，那么三十天就等于三十年了？我不知道。这种说法令我有一种很紧迫的感觉，是不是变故要发生了呢？我朝垃圾桶里一看，吓了一大跳！那只蝎子不但没死，身体还膨胀起来，有原来四五倍那么大了。他直立起来，用爪子攀住桶沿，马上要出来了！我连忙冲过去顶开门，跑到了外面。我可不想被他再蜇那么一下！

刚走到街口转弯那里就撞上了兄弟俩。哥哥一把揪住我的耳朵，说："伟奇这一出来，日子又少了一天了。"他们命令我回家。我走在前面，听见两人在后面相互打耳光。到了家门口我转过身来，看见他们相互揪着对方的胸口，一动不动地蹲在地上，凝固了一般。那四只眼睛离得那么近，我想，这下它们该盯着对方的眼睛了吧？可是我钻到他们之间一看，呀，每个人的眼睛还是只看着自己的眼睛，那眼神越发显得旁若无人了。搞不懂啊。大蝎子已经走出来了，正傍在门框上呢。忽然，他们松开了对方，站了起来。这时那蝎子像醉了酒一样，摇摇晃晃地出门，向右拐，不知往哪里去了。弟弟低声说道："伟奇串门去了呢。"什么？他们称蝎子为“伟奇”？是不是因为蝎子吃了我身体里的东西，变得同我差不多了？

折腾了这一场，又回家了。哈，还是家里好。我爬上灶头去睡觉，我累坏了。我正要闭眼，突然看到恐怖的一幕——窗户外面，那只贼头贼脑的黑猫正在吞吃红蝎子！啊，真可怕，真恶心！蝎子的后腿还在他嘴边挣扎呢。他的脖子伸了几伸，将蝎子完全吞下去了。这丑陋的一幕搞得我的瞌睡都没有了，我一下子感到自己周身都变成了眼睛，不但看见前方，也看见身后，不但看见表面，还看见里面。比如那只猫，我就看见他胃里的蝎子还在挣扎；比如我自己，我就看见体内腹腔那里有只眼睛被腹膜包着，正是我吞下的那只。那么蝎子没有死，过不多久也许他又会从猫身体里头钻出来。我不敢看下去了，我闭上眼。可这一来更不得了，我看见我里面有那么多的人和事。那是牧场，草地上有数不清的洞，每个洞里都有我的同类在那里探头。在天上，那只鹰飞过来了，那么大的鹰，把太阳都遮暗了。有一只动物，看去是鼠和乌鸦之间的形状，正在草原上飞跑——跑一阵飞一阵。他飞不高，看上去就像贴着草丛滑行似的。我不想看，可这些场景就是不消失。我想，唉，那家伙怎么逃得脱鹰的魔爪啊。后来鹰一头扎下来，所有的风景全消失了。可是巨大的空白却没有消失，白得晃眼，隐隐地还可以听到婴儿的啼哭。弟弟的声音响起来："你看伟奇睡得多么香，他啊，一定一个梦都没做。我敢打赌。"哥哥问："赌什么？""赌你那辆独轮车。你到这边来看就知道了。"

我没有睡着。也许我睡着了。谁知道呢？反正我一直在向我里面看啊看的，我真是不知疲倦呢。虽然后来什么都消失了，只有白晃晃的一片，可我闻到了草原的风，还有兽皮的味道。那只家鼠将我弄醒的时候，我正狂奔着扑向某个我认为是爷爷的影子的怀里。家鼠在我屁股上咬了一口，差点咬出了血。他的眼睛油亮，目标明确，同我们家族的眼睛是不一样的。他是来干什么的？他是来吃我的饭的，他看到灶台上没有饭，就来咬我身上的肉了。这只家鼠，真不同凡响，竟然认为我是他的食物，可以随便吃的。我瞪着他，他也瞪着我。他对我丝毫也不畏惧，看到我醒了，他没法吃到我了，就愤愤地下去了。他又在房里游了一圈，还是没找到吃的，这才老大不情愿地缩进他那个洞里去了。我开始来考虑家鼠的问题。家鼠一开始就生活在这个房间里，他似乎是我们家族的一个变种。当然，他也是我们家族的，看看他那双眼睛的形状就知道了——虽然眼神完全不同。他的身体缩得这么小，大概是由于环境而产生的变异吧。我的家族和祖先是从来不食同胞的，他却完全没有这个禁忌，把我看作他的食物。当然，也许他根本不认为我是他的同胞，但是我的身体比他大了这么多倍，他怎么会对我丝毫畏惧也没有的呢？瞧，他又从那个洞里探出头来了，他看我的眼光让我心惊肉跳，因为他分明还是将我看作他的午餐啊。今后我睡觉可得小心点儿了。不过有一点我还是想不通：他怎么在这么多年里头都没有来袭击我？目前的袭击同那只红蝎子有关吗？是因为房主人说了我只有三十天好活了，他才肆无忌惮起来的吗？

为了躲避家鼠的眼光，我从灶台上下来，到了门外。门外怎么这么寂静？人都走空了吗？我回身一望，家鼠也跟出来了呢。他为什么要跟着我呢？那两兄弟到哪里去了呢？我可不能打瞌睡啊，这个家伙就在身后呢。我走到街对面的那一家，伏在门上一听，听到有人在里面喘粗气。门是虚掩的，抵开门，便看见肥胖的女人在床上发气喘病。由于我抵开了门，家鼠趁机蹿了进去。他爬上雕花的大床，爬到那女人身上，在她脖子上咬破血管吸血。女人的喘息渐渐平息下去，显出很舒服的样子闭上了眼。我看见家鼠的肚子鼓胀起来，他溜下床时，几乎都有点走不动了。他摇摇晃晃地慢慢爬到墙根，那里有一个洞，洞比他的身体小好多，可他用力挤，用力挤，还是挤进去了。他还被夹得尖叫了一声呢。这下好了，我摆脱他了，我转身回我自己的家，打算好好睡一觉。啊，我回不去了，我的家门被从里头闩上了。谁呢？我只好蹲在门外等。一会儿两兄弟回家来了，他们看见门闩了就去爬窗子，可是房里有什么东西袭击他们了，两个人都捂着眼倒在地上。过了一会儿，门开了，出来一个白发的老妇人。老妇人手里拿着个纸包，她在门口打开纸包看里头的东西。那是砒霜，我认得砒霜，因为我小的时候那家人家常将极小量的砒霜放在陶钵里给我吃。她又到另一家去了。

我进了房，看见家鼠血迹斑斑地躺在地上，头和身子都已经分离了，旁边扔着一把菜刀。这是那老妇人干的吗？家鼠怎么会死在这里呢？他刚才不是到街对面去了吗？啊，当然是地道，他掘出了长长的地道。他从地道那边赶过来，死在这里，他的喝饱了血的肚子还胀鼓鼓的呢。刚才这屋里究竟是怎样一种情形？设想：一、老妇人放下某种诱饵，家鼠被诱出洞，老妇人逮住他，砍了他的头。二、家鼠出于本性去咬老妇人的腿子，被老妇人砍了头。三、家鼠吃了老妇人放下的诱饵后，一心寻死，老妇人伸出刀，让他来撞，他用力撞在刀刃上，身首分离。设想下去，还有很多很多可能性，而现在，真情是无法知道了。房里怎么奇臭？我闻到了臭味的源头，的确是那只家鼠。怎么他刚死就腐烂了呢？嗨，这可是真的，瞧那肚子上，已经流出黄水来了，颈部的伤口那里，蠕动着细小的灰色虫子。也许在死之前他的身体就烂掉了，但我怎么一点都看不出来呢？我用火钳去夹那具尸体，想将他扔出去，可是火钳一挨上去，那皮肉就散掉了，里头的骨头也碎了。太可怕了，太可怕了！他成了一堆稀糊糊，只有灰色的毛还没融掉。我魂飞魄散，将火钳一扔，躲到灶台上，脑子里尽是疯狂的念头。我无意中瞥了一眼窗户，啊，两兄弟的脸都在那里，每张脸上都只有一只眼睛，那种有两个瞳仁的眼睛！它们还是哪里都不看，只看自己，两只瞳仁相互看。我突然觉得,这不是那两兄弟。他们是谁？来捉拿我的吗？我溜下灶台，躲进柴堆，我想他们这下看不见我了，就安安心心睡了一觉。

他们的确不是那两兄弟，只是长得有点像罢了。这两个独眼的青年接替了原来那两个人住在家中。我记起上一次我就曾见过哥哥变成独眼，那么这两个人是那两个的变体吗？看上去又不像。我睡在床下的纸盒子里头，到了半夜，床上的两人就一齐叫起来："洪水过来了！洪水！"然后就鞋也不穿地跑出门去了。他们一走，我就从灶台那里爬上了茅屋顶。我放眼望去,看见上空乌云滚滚，整个贫民窟的房子里都亮起了灯。但没有人出门，他们在等吗？然而什么也没有发生。我等得不耐烦，就下去了。我能逃到哪里去呢？城里是我不能去的，那里无处可躲的酷热会让我在一天之内丧命；我也不能远行，我会在远行的途中因恐惧而丧命。我还是回纸盒里去睡算了。那是什么？啊，是那两个独眼人！他们从一家人家抬出尸体来，他们在趁乱抢劫杀人！可是没人出来看他们，难道他们一点响声都没弄出来吗？不可能！哈，又一具！是不是人已经死了，他们在处理尸体呢？天没有下雨，乌云却坠下来了。现在什么都看不清了，连房子里的灯都成了一些模糊的光斑。洪水真的要来了？那么，就在屋顶上睡觉吧，万一灾祸来了，说不定还可以捡回一条命呢。我听一些人说起过洪水封门的事，被封门的人家都是一家人全部死亡。据说在那种情形下，无论你有多么机灵，你的力气有多么大，也是找不到门窗的位置的。既然在贫民窟，大家都知道这种事，又为什么不像我一样爬到屋顶上来呢？刚才这两个人高叫着“洪水”满街乱跑，应该所有的人都听到了的。他们听到了，他们听到了啊！

水是一点点涨上来的，并没有一下子“封门”。我听到城里汇集的水从阶梯那里哗啦哗啦地下来了。我在心里设想着——半尺深，一尺深，两尺深了……还是没听到有谁跑。如果跑的话，肯定要发出蹚水的声音啊。周围寂静得可怕，水到底涨得多深了也没法看见。有什么东西弄得我的脚痒痒的？是一些蜗牛，他们想要爬到我身上来。我将后脚伸向屋顶斜面的下方，便探到了水。这样看来，整个贫民窟都在水里了，但是水好像不再继续涨了。人呢？人在哪里？封门了，全部死了吗？我哭起来，没有声音，只有眼泪。在我的头顶天已经清了，我再一听，哗哗的流水声停止了。什么人在“伟奇，伟奇”地叫我？那不是两兄弟吗？除了他们，不会有人用这个名字叫我的。我放眼望去，雾已经散了，那些房子虽然在水下，但不知怎么还是点着灯，我还看到那些玻璃窗上晃动的人影呢。这是什么样的洪水啊？有人从屋里走出来，就站在屋前刷牙，晃动的水波将他的身影拉得歪歪的。“伟奇！伟奇！”那声音来自水下。天快大亮了，是什么时辰了呢？

“伟奇，你下来！你下来！”水里的声音变急切了。我身子一倾斜，一下子就滑下去了。我落在隔壁那家的门口。奇怪，刚才明明看到、摸到的是水，现在怎么又不是水了呢？那只不过是一张巨大的透明膜，将整个贫民窟地区罩在里头。天大亮了，太阳也出来了，但隔着膜，阳光透不过来。隔壁家的门大敞着，我跑进去，看见地上躺着老头老太太，两位都翻着白眼，嘴里还在向外吐水。难道真的发了洪水吗？现在水又到了哪里去了？这两个人以前老在屋后养一种体形很大的灰色菜鸽，鸽子的样子奇丑，发出的叫声却如梦一般。每当几十只一齐叫起来时，恐怕连路人听了都要昏昏欲睡呢。在我的印象中，这两位老人从我门前走过时，好像总在梦里头。一般是老头牵着老太的手，老头走在前面一点，好像眼睛看不见似的用一只手在前方的空气中划来划去的。老太太呢，被他拖着走，总在抱怨：“你不能走慢点吗？你不能走慢点吗？”屋里地面很干燥，根本就没有洪水的踪迹，只是我老感到眼前有那种细细的游丝，一没留心又被我吸到鼻孔里去了，弄得喷嚏不止。我凑近老太，用鼻子顶了顶她的脸颊。她醒来了，大呼小叫："老头！老头！我们没有死！我们没有死啊！"她先是坐起来，然后又颤颤巍巍地站起来，走过去拉开衣柜门，将自己关在里头了。我听到她在里头哭。老头也坐起来了，高声叫着："怎么没有死？怎么没有死？你胡说什么？啊？"他在屋里找不到老太，就站到门口去了。他手搭凉棚看着远方，看了又看，好像在等什么事发生。我也溜到门口去看，我一仰脸，看见先前见过的透明游丝铺天盖地，还隐隐约约地形成了波浪。这是洪水吗？当然不是，我一点在水中的感觉都没有嘛。那么，这两老又怎么晕倒在地的呢？刚才他们口里还吐水，像是肚子里灌满了水。文木匠过来了，手里拿着一杆秤，对老头说道："我称一称这个看看，我要称一称它。"他用左手做出在空中抓了一把什么东西的样子，又将那"东西"放进秤盘里。真是怪事，我看见秤杆高高地翘了起来。是什么东西这么重呢？那些游丝？可是秤盘里什么也没有啊。老头仔细看着他称完了，说："嗯，称一称很有必要的。"文木匠愁眉苦脸地诉苦说："从昨夜洪水来的时候起我就一直在称，累坏了。"这时，我看见那两兄弟站在街对面了。他们的姿态好像是在注视文木匠，但我知道他们的眼睛只注视自己。"这是什么呢？”老头指着空中的游丝问文木匠。“这，就是我称的东西。”文木匠说出这句话后，双眼就开始炯炯发光。他将那杆秤举起来，从空中抓一把什么放进去称，称完倒掉，又称新的。他做这件事做得气喘吁吁的。老头眼巴巴地看着，头部随着他的动作转动，口里唠叨着：“这就不怕洪水了啊，对吧？”他说话时口角还聚着白沫，双手颤抖着，他的样子像是要进坟墓了的老朽。他是近视眼，所以越凑越近，想去看清秤杆上的准星刻度。这一来，妨碍了文木匠的动作。文木匠气愤地推他一把，他跌坐在地上了。这时，躲在衣柜里头的老太也出来了，她坐在门口，笑着，露出黑洞般的没牙的嘴。刚才她还哭呢，什么事让她这么高兴啊？“我，我，我……”她瘪着嘴说。忽然“当”的一声，是文木匠将秤摔在地上了，我看见他额头上尽是汗。老头如梦初醒地站起来问他：“怎么啦？怎么啦？”“连称了四五回没有重量的东西，这不是……”他沮丧地抱住自己的头，好像那头要炸开了似的。“常有的事，常有的。”老头竭力想安慰他。可是他咆哮了一声就抱着头跑掉了。他连那杆秤都不要了。老头捡起秤，想学文木匠的样子来称空中那些幻影似的东西，老太也兴致勃勃地过来了。可是无论他们怎么样称，也绝对称不出重量来。秤杆一次次往下掉，他们一道忙碌了半天，一点收获都没有，只好无可奈何地放弃了。这期间，那两兄弟一直关注着这里的活动。

老两口站在那里看天，空中的游丝越来越密，一会儿就凝成大滴的水珠滴下来了。我退到屋里避雨，心里想，这两个人怎么不怕雨呢？街的对面，那两兄弟喊着："洪水！洪水啊……"声音渐渐地远了。我看见老太仰着脸，好像在吞吃落下的雨水。那老头干脆躺下了，任雨水将泥沙溅在他脸上，闭着眼睡觉。我在他们家转了转，想找点吃的。这个家真奇怪，连一件家具都没有。是被洪水冲走了，还是本来就没有？难道他俩平时是睡在地上的吗？灶头上有一个瓦罐，我爬上去往里头一瞧，吓得我差点摔了下去。下来老半天之后，我的心还在狂跳。那个大罐子里头尽是我见过的那种红蝎子！我回想起那只怎么也死不了的红蝎子，全身都起了鸡皮疙瘩。啊，原来他们在家里养这种东西。我望着罐子，看见有两只攀在瓦罐边缘要出来。灶台另一边有一只柳条篮，篮里装着我爱吃的熏肉，不过现在我可不敢去吃了。老太进屋来了。"鼠，你找东西吃吗？"她问。她怎么知道的？然后她一挥手，口里"嘘"了两声，那两只蝎子就下去了。她从篮子里拿出肉，切成片，放在盘子里，自己坐下来，将肉放进没牙的嘴里慢慢嚼，她已经忘了我的饥饿了。我用嘴扯她的裤腿，她仍然沉浸在自己的冥想里无动于衷。我一发狠从她腿上咬下一口带皮的肉吃下去了。啊，我变成家鼠了！我多么羞愧！她身子一斜，倚在墙上，喃喃地说：“哦哟，我痛死了……”我这一口咬得很深，都快咬到骨头上了，但那伤口却没有出血。老太的肉有点酸，好像味道不错。我看着那伤口发愣，又起了再咬一口的心。但是老头进来了，老头抄起一根木棒就来打我。他一棒子打下去，我就感到自己的脊梁好像被打断了，我趴在屋当中一动都不能动。“让他去死！”老太突然尖叫一声，然后他俩搀扶着出去了。他们从外面将门锁上了。

我除了眼珠还可以转动之外，全身都麻痹了。我会死吗？她说让我去死，这是不是说，我还要等一段时间才会死呢？我趴在地上想啊想的，就想起了那个牧场，那里有一只鹰天天在上空盘旋,我都看熟了。可是有一天，她飞得那么高，即使是我这么好的眼力，也只能眼睁睁地看着她消失在蓝天里。当时整个草场都沸腾了，我的同类全部都从他们的隐身处出来了，他们在草场上狂奔，一切都乱套了。后来鹰再也没出现过。我想到这里时，便看见了那只家鼠，他不是死了吗？我亲眼看见他身首分离的啊。也许他是那一只的兄弟，天哪，连眼神都是一模一样！我隐隐地激动起来，不知为什么。他走过来，嗅了嗅我的屁股。奇怪，我的屁股像被鸟喙轻轻地啄了一下一样，痒痒地恢复了知觉。接着我就看见他口里血糊糊的，啊，他正在吃我呢。我变得那么兴奋，麻痹症状全部消失了。我扭头一看屁股，已被他咬了个窟窿。我虽然疼，但恢复了知觉的疼比刚才那种麻痹要好。我就朝他靠拢，我希望他再在我身上咬一口。可是他吃饱了，吃厌了，闻都不再闻我，退到一旁待着，看着我。我越看越觉得他像那只鼠，也许是孪生兄弟？那一只也是左腿上方有一块白斑……哪有这么凑巧的事呢？我又回想起刚才老太说的让我去死的话，现在我还会死吗？怎么个死法呢？我同这只鼠就这样对视着。没过多久他那胀鼓鼓的肚子就消下去了，他的消化力真强啊。当他又用饥饿的目光看我时，我心里就蠢蠢欲动了。我朝他露出自己厚实多肉的胸膛，希望他再咬我一口。他呢，把我看来看去的，却没有下口。有一下我觉得他要咬了，可他只是舔了舔我的毛，仿佛拿不定主意似的，最后又放弃了。他狡诈地看了我一眼之后，就钻进墙根那个洞里去了。我感到很失落！一种奇怪的失落。我到底想要什么？也许我想要自己变成他？他有明确的生活目的，有自己的家（那个洞），他从来不像我这样到处寄居，游游荡荡。鼠啊鼠，为什么不把我吃进肚子里去呢？我，我不知道要拿自己的身体怎么办才好了，这个身体现在对我来说是个累赘。

我在屋角舔着屁股上被他咬出的窟窿，这个窟窿既不出血，也不疼，难道鼠的唾液是麻醉药吗？我使劲回忆被咬的一刹那间的感觉，只模模糊糊地记得当时像被鸟喙啄了一下。也许连那被啄一下也只是我的幻想？也许咬啮完全是在我不知不觉中进行的？看，鼠又出来了，油亮的眼睛贪婪地盯着我，可是他站在洞口不想过来。我朝他走近一点，他就退进洞里一点，把我弄得灰溜溜的。我渐渐地有点明白我在贫民窟的位置了。

贫民窟是我的家，也是我最难以理解的地方。一般来说，我并不刻意地去理解它，我的生活本身驱赶着我从一个地方跑到另一个地方。我到过地下，到过城里，也在贫民窟的各式各样的主家住过。我的生活中常有危机，有死亡的威胁，可是到今天我还好好地活着。这是不是因为我的记忆深处住着我的祖先们，而他们在保护我呢？啊，那个无边的牧场，那只消失在大气里头的鹰，那些伏在草丛里，将胸膛紧贴泥地的同类！一想到他们，我就感到自己全知全能！但这只是在我的记忆里头，到了现实中就完全不同了。在现实中，我几乎什么都不知道，我经历了那么多……

贫民窟的故事（五）

我爬到这个简易炮楼上，放眼望去，看见贫民窟那一排排的茅草屋在雾霭之中静静地低着它们的头。我知道它们这种谦卑其实是假装的，无论哪一个屋顶下面，都包藏了阴险的祸心。可是我怎能不寄居在它们里头呢？我是这一片神奇的土地的儿子。这里很阴沉，可是我已经习惯了。从前，我在阴沉之中发育长大；如今，我在阴沉里头不断生出冥想。我还是看不清草屋里面的景象，这些屋子里头太黑了，它们的建造全都忽视眼睛的功能。有时候，我搬进一家人家，我以为里面只住了两个人，后来却发现竟有十二个！我畏怯地待在灶台角落里，熊熊的火焰差点舔着了我的皮毛。他们炒啊，煎啊，熬啊忙个不停，因为要填满十二个胃嘛。因为只有一间房，他们就到处乱睡，连床脚下都睡了两个。到了午夜，我就找不到他们了，他们彻底从家里消失了。那时我站在灶台上，扫视着空空的家，心里想，我怎么就追不上这些人的思路呢？也有的时候，那家人家人口简单，我欣喜，以为夜里可以睡个好觉。可是到了午夜，我差点被从灶台上震到了地上！我抓住墙上挂熏肉的铁钩才勉强站稳了，回头一望，七八个人在地震中跳舞呢。他们喝醉了似的，一下被摔到这边墙上，一下被摔到那边墙上。他们长得都很相像，应该是这一家的。那么，白天他们在哪里？一些房子里头根本就没有人，只不过是做出有人的样子——门口放着垃圾桶、扫帚，门虚掩着。我抵开门进去，跳上灶台，在那角落里睡着了。午夜醒来，还是没看见一个人。我跳下来找吃的东西，可是哪里有吃的呢？房里一股霉味，像很久没人住了。我在黑暗里潜行，有点害怕，这时就响起了叹息声。那声音在房间的上方，靠天花板那里响起来。发出声音的那个女人好像并不痛苦，只不过是累了。可是那声音没完没了，我实在受不了，我的胸膛要爆炸了，于是我冲出去，在寒气中游荡了一夜。当然大多数时候，我融入了房主们的生活，我怨恨他们，因为他们总逼我，但我又对他们的生活好奇，那通常是我怎么也理解不了的生活。每次到头来我都和他们搞坏了关系，然后我就出走了，去另外找一家寄居。想着这些事，我心里真烦。这个炮楼是什么时候建的呢？在我印象里头，贫民窟虽然阴谋重重，却并未发生过大的骚乱。那么，这个炮楼是建了干什么用的啊？抵御外敌吗？城里的人根本就不到这块洼地里来，这里同城里井水不犯河水，我想不出还会有什么其他敌人。

天黑了，我从渐渐变得冰冷的炮楼上跑下来，我看到我的前方跑着我的同类，他的身体比我略长一些，脑袋也比我大，左后腿上方生着一块白毛，有点像我熟悉的那两只家鼠。但他不是家鼠！他跑到小池塘那里，跳下去了，我的天！我可不敢跳，那水面不是快结冰了吗？起先我还看到他在游，游着游着就不见了，显然是扎下去了。我站在塘边发了一会儿愣，我想起早晨，我是被女主人赶出来的，她嫌我弄脏了她家的灶台。其实呢，我根本就没弄脏，我天天在灶台上吃饭睡觉，总要留下一点痕迹吧？可她就受不了！她是个洁癖狂，没事就在房里扫呀抹呀的，没见过贫民窟有这样的洁癖狂，完全没有必要嘛。这么简陋的房子，就是再弄得一尘不染，在旁人看来同别人家也没什么区别啊。可这个女人（我知道别人叫她“虾姨”）她就是不依不饶。如果我从外面进来脚上带了一点泥，她就挥舞着扫帚骂我老半天；吃饭的时候她不准我有一粒饭、一根菜掉在灶台上；她每天都要用一把刷子凶狠地刷我的皮毛，直到刷得我喊叫起来才罢手。至于她自己，我老看见她坐在木盆里洗澡，只要有时间她就烧水洗澡、洗头。那架势好像恨不得将身上的一层皮都洗脱似的。虾姨喜欢在半夜说话，我也不知道她说的是不是梦话。她从一开始就叫我“小鼠”。她在那张宽床上翻过来翻过去的，说个不停：“小鼠不懂得讲卫生，这是很危险的，我们这个地区到处都是传染病，要想不传染，就要每天毫不留情地做清洁。这个诀窍是我父母告诉我的。那一年他们去北方了，将我留在家里，嘱咐我每天做清洁。我是个懂事的女孩子……”有一天凌晨，她突然从床上站起来，大声问我：“小鼠，你今天刷了澡吗？我闻到了腐败的气味！”然后她下床来，用那把刷子刷我身上，刷得我哭天喊地。我离开的那天的冲突是这样的：我一直睡在灶台上的，可她突然就不高兴了，说我把灶台搞得不像个灶台了，这样下去我和她都会得瘟病。她说着就将我睡在里头的那只瓦钵扔出去了。我很伤心，我准备跳下灶台。正当我准备跳之际，我瞥见了她脸上的杀气。啊，难道她要杀我？她涨红着脸，手里捏着那把菜刀，我觉得我一旦跳下灶台，她就要将我剁死。于是我踌躇了，我缩到灶角，让出地方来给她打扫。没想到她却并不打扫，只是一个劲地逼我说：“你还不下来？你还不下来？”边说边挥舞手里的刀，还用刀背来抵我。我只得拼死跳下去了，她抡起菜刀就砍，幸亏我躲得快，她砍到了泥地上。我瞅见门没关，就不顾一切地奔出去了。她在我背后破口大骂，说，只要看到我的踪影，她就要来追杀。我同她的关系是怎么演变成这样的呢？当初我流浪到她家，她是多么和蔼可亲的一位大妈！她不但给我好吃的，还弄了个瓦钵让我睡在里头，说这样就可以避免火舌舔掉我的毛。不久我就领教她的洁癖了，当时我认为这不是什么大不了的毛病。直到有一天，她提出将我的爪子砍掉（因为爪子里头积污垢），我才警惕起来。我想，这是个什么样的女人？我开始躲她，还好，她也就说说罢了，并没有实施，所以我的爪子还一直好好的。

她把家里弄得这么干净，只是给自己增加了无数的麻烦。比如每次进屋都要刷鞋底；窗口和门口都挡着厚布，屋里变得像地窖里头那么黑；洗菜，洗碗，洗澡，搞卫生等用去了比别人多几倍的水，只好老到井边去挑水。她总是在家里忙碌着，我不知道她是靠什么为生，也许她父母给她留了些钱吧。她对男人也兴趣不大，仅止于站在门口，痴痴地望着某个男人的身影，但从不将男人带回来。也许她担心外人弄脏了她的家呢。可当初她又怎么看上了我，还接纳了我的呢？我不是比那些人还要脏吗？而且我也很少用水洗澡。我刚来的那一天，她用一把缺齿的大梳子将我全身的毛梳了一遍，梳下一些乱毛，然后就将梳子丢进了垃圾桶。她满意地对自己说，我已经“很干净了”。现在回忆她那时的说法，我觉得她很有点自欺欺人的味道。但她坚持要这样认为，她是个自负的女人，认为自己什么事都可以做得到。自那天起她每天用刷子刷我，弄得我身上很痛，不过我倒真被她刷干净了，至少比原来干净得多。本来我同她在一起可以相安无事的，虽然我讨厌她无休止地做清洁，可只要我待在灶台上的瓦钵里头不动，倒也没什么很大的问题。谁又料得到她的洁癖会变本加厉呢？

那一天，她居然找了把铁刷子来给我刷毛，我被她刷得伤痕累累，发出杀猪般的尖叫。后来她手一松，我就跑掉了。我停留在一家人家的屋檐下，蜷缩着，我的背上还在流血。太阳一落下去，我就冷得受不住了，我担心自己会熬不过那一夜，死在外面。有一个尖脸的小姑娘发现了我，她蹲下来，就着微弱的路灯灯光打量我。她穿着短袖，也冷得簌簌发抖。“大鼠王，”她这样叫我，“你不要待在这里，你待在这里就会死，因为夜里要下霜呢。你是学那些小孩的样吧？他们已经锻炼了好多年了，他们刚一学会走路，就到露天里去睡觉了，早就习惯了。你回家吧，大鼠王，不然你会死的。”于是我就回去了，我走得很慢，到后来几乎一步一挪，我又冷又痛，差不多要失去知觉了。到家大概已近午夜。屋里还点着灯，虾姨在床上呼呼大睡呢。我爬到灶边那一堆柴草上面，蹲下来休息。后来，大概我的呻吟声太大，虾姨醒来了。

她起了床，举着油灯来照我，照了好一会，放下灯，转身去柜里拿出一瓶油膏，耐心地帮我涂在伤口上。“小鼠啊，我梳痛了你，你怎么不告诉我呢？”她责怪我说。她的话令我万分迷惑。这个人到底是怎么回事？对于她来说，什么是幻觉，什么是现实呢？油膏涂在身上很顶用，我总算喘出一口气，然后就在柴草堆上昏昏睡去了。

然后就发生了早晨的事。直到此刻我仍然弄不清虾姨的真实想法。然而从虾姨的家里一跑出来，就感到外面的确是脏！有什么办法呢？贫民窟嘛。我每走一步都好像踩着了人的排泄物，这街边满是人粪啦，狗粪啦，一湾一湾的尿啦，一堆一堆的烂菜叶啦，动物的内脏啦等等，蚊蝇一群群飞舞，往你的鼻孔里头钻。到后来，臭气都熏得我恶心起来了，我才爬上那个炮楼的。我坐在炮楼上好久都没回过神来，我不理解，为什么我只是在虾姨家住了几个月，外面的环境就这么恶化了？据人们说以前的贫民窟也有点脏，可我几乎都感觉不到。现在这个脏啊，将空气都全部污染了，弄得我都要呕吐了。即使我待在炮楼上，也感到下面是个大垃圾场，阵阵恶臭随风刮来。街上那些人全都低着头注意脚下，捂着鼻子匆匆前行。在虾姨家里这几个月我很少出来，即使出来也至多走到邻居家的屋檐下，不然，虾姨就要让我没完没了地洗脚，还要恶狠狠地骂我。那么，是因为对比我才觉出贫民窟的肮脏的吗？是不是在这几个月里头，虾姨一直在训练我的感觉呢？也许从前我并没有注意到路人是捂着鼻子走的，也许贫民窟的路边从来就是堆满了秽物的，只不过我以前没在意而已。回忆这几个月里头虾姨那苦役似的生活，设身处地为她想一想，再想一想自己，真是不寒而栗啊。不过我还是要感谢虾姨——以前我身上乱长脓疱，浑身是毒，不知吃下了多少脏东西呢。倒是在她家这几个月身上一个脓疱都没长，可见清洁的重要性啊。贫民窟的人惰性太重了，他们怎么会懒成这样，就把屋门口当排泄物和秽物的存放场所。污秽不但溢满了整个地区的空气，还渗透到了地下呢。柏油路和人行道上的卵石都沾上了一种黑腻腻的东西，很厚的一层，就连泥土都是脏兮兮的，满是灰和油，我以前怎么就没注意到呢？这个炮楼上倒是很干净，像是从未有人上来过，又像是天上的风雨对它进行了自然的清洗。这个花岗岩的建筑一定年代非常悠久了，我搜索自己的记忆深处，似乎没有关于它的任何痕迹。是因为从未有人上来过，它才这么干净的吗？为什么别人不上来呢？

我站在小池塘的边上，想着这种种的事，我快冻僵了。我的当务之急是找一个人家住进去保命。我看到一间屋子的门没有关死，就想一头撞进去再说。“谁呀？”一个苍老的声音在黑暗中说。我静静地蜷缩在墙根，怕被主人发现，可是主人竟然起来了，举着油灯来照我，说：“原来是一条蛇啊。”我怎么变成蛇了？他用一根很粗的棍子来拨我，我呢，就势栽进了屋内。奇怪奇怪，屋里热浪滚滚的，我立刻就暖和了。灶上并没有烧火，热气是从哪里来的呢？我看见那只熟悉的鼠在洞口伸了一下头，而床底下，并排立着三只瘦公鸡呢。主人又矮又小，头上包着白毛巾，面目看不清楚。他用那根粗棍去赶公鸡，公鸡飞跳起来，有一只飞到了窗台上，弄得满屋子鸡毛味。那只红尾巴的小公鸡从我身边穿过去，我居然被烫了一下，它身上烫得像烧红的煤！这时主人蹲下来打量我了。我看清了他是一个三角脸，凶狠的眼睛隐藏在浓浓的眉毛下面。他用棍子来扫我的腿，我跳开了。“这种蛇，真怪……”他喃喃地说，他还是将我看作一条蛇，是因为我的身体不发热吗？那几只公鸡是怎么回事？

他突然古怪地笑了起来，说：“虾姨啊……”那声音像墓穴里头发出来的，我回头一看，虾姨的脸果然出现在门口，她讪讪地笑着，却不进来。他一挥手，我还以为他要打我呢，可是只不过从我脸面前扇了一下，一股热浪冲到我的脸上，我眨了眨眼，发现虾姨不见了。窗台上的小公鸡跳到他肩上，他站起身，拖着那根棍绕房间走了一圈。地上那两只公鸡从我面前冲过去的时候，烫着了我的鼻子，鼻子上立刻起了一个水泡。怎么回事？这个老头好像是要找这两只鸡，可是鸡从他身边跑过，他又一点都看不见，用那根棍子乱打一气。肩膀上的小家伙随着他身体的晃动发出咯咯的叫声，脚爪死死地抓住他的衣服。我害怕他打到我身上，就往床底下躲。我刚刚钻进床底下，脑袋就被什么东西击了一下，痛得简直要晕过去了。我定下神来，辨认出很多样子同我差不多的家伙，他们围着我站成一圈，他们身上的热辐射令我几乎睁不开眼。这是我的同胞吗？这些家伙怎么变得这么耐高温了啊？从前在家乡，我们的牧场一年里头大部分时间都处在冰封之中，我们躲在地洞里，我们根本就不懂得高温是怎么回事。现在这是怎么啦？他们成了一团一团的火，自己却还不感到难受！他们围着我，是要消灭我的肉体吗？为什么又不动作？我听到虾姨在门口对主人说："那个病毒解决了吗？他到哪里去了？他呀，到处乱钻，会传播瘟疫！"她竟然说我是病毒！老男人回答说："没关系的，我这里是高温消毒房嘛。他的问题会得到解决的。""那就拜托您啦。"虾姨似乎真的走了。

我被烤着，我的眼睛睁不开。难道这就是治疗我的瘟病？这些样子像同胞的家伙虎视眈眈地看着我，我的眼睛被刺出了泪，看不清了。那个老头的棍子又扫到床底下来了，同胞们都跑开了，我被棍子重重地抵到墙上。"看你往哪里跑！"老头说。我听见自己因为疼痛叫了两声，我的声音像家鼠。我的声音怎么会像家鼠了啊？我挣扎着，那棍子纹丝不动，我快要窒息了。现在我眼前彻底黑了。我可能要死了？多么热啊。可是棍子突然又松了，老头在棍子的那一头说：“蛇的身体是不会变暖的。”我将爪子贴到鼻子上的水泡那里，我的爪子的确是冰凉的，难怪他说我是蛇！

我被消毒了吗？我不知道。我从床底下慢慢走出来，又听到了虾姨的声音：“我从来没有见过小鼠有这么干净！不过呢，明天又脏了，还得再烤，哼！他啊，要是像那一些，我就将他接回去了。”我知道“那一些”指的是另外那些同胞，他们的身体都变成了日夜燃烧的煤块，他们身上当然不会有病毒。可是他们是如何做到那样的呢？看来虾姨是不打算要我回去了，她站在窗口那里冷冷地看着我。难道他们要每天这样烤我？即使每天烤，一条蛇又怎么能变成烧红的煤块呢？被老头从床底下扫出来的同胞在墙根排成一排，老头一棍子扫过去，他们又溃散了，钻到了床底下。他打累了，就叉腰站在房间中央说：“谁想偷懒？谁想偷懒？小心大爷的棍子！”我往床底下一看，那些家伙都在簌簌发抖呢！小公鸡从他肩上飞到半空，然后落下来，在房间里掀起一股热浪，浪头打得我倒退几步，靠到了墙上。我注意到房东身上并不发热，但他也一点都不怕烫，这是怎么回事呢？他放下棍子，到橱柜里拿东西出来吃。他吃的似乎是一碟黑色的小球，从他的吃相来判断，那食品很硬。他的牙齿间发出很大的崩裂声，莫非他咬碎的是金属一类的东西？他的牙真厉害啊。这时有一道阳光从敞开的门外射进来了，我一下子看清了他的脸。原来他的左边脸上有一个巨大的瘤子，将嘴和鼻子都扯到了一边。那瘤子红得发紫，上面居然还穿着一个铜环，有脓从那穿环的洞眼里流出来。该死的，他身上有这么重的毒，却一心想着帮动物们消毒！人啊人，我实在是不能理解他们！他将那一碟小球通通咬碎，吞到肚子里去了，他的牙就像钢牙。“一听来！一听来！”我看见虾姨又站在门口了。为什么他的名字叫“一听来”呢？好古怪！虾姨又说：“他要有你这么干净我就放心了。他总弄脏自己！”老头笑起来像妖怪，张开的嘴里黑洞洞的，看不到一颗牙。刚才他是用什么东西咬那些小球？“你这就走了吗？你不带他回去了吗？”房主老头问虾姨。“这下我真的要走了，再不走他们要封路了。小鼠嘛，我就交给你了，你可要费心了啊。”“瘟疫过来了吗？”“昨天。死了两个了。我就担心小鼠要发病，他身上那么脏。”他俩的对话听得我心惊肉跳的。

房主又从橱柜里拿出一大盘黑球放在地上。这种球小得多，只比家鼠的粪便大一点点。我的那些同胞都围拢来了，匆匆地吃着，发出“嘎嘣嘎嘣”的响声。我也想吃，可我又害怕被它们烫着。房东说：“你这只小蛇鼠，还不到你吃饭的时候呢。他们吃的是块煤，你吞得下去吗？”当然，我可不想让块煤在我肚子里头燃烧，我认为自己没必要这样来消毒。这时他就端出一碗黑水，说是让我“洗肠”。我看着肮脏的黑水上的泡沫，犹豫着。他大吼一声：“还不赶紧，你都快死了！”我就开始喝了，这种水喝了之后有点头晕，晕晕乎乎中我心里涨满了思乡的情绪。仍然是那片牧场，那片天。天空飞雪，同胞们躲在地洞里。他们都快死了吗？不，他们活得很好，他们在拉肚子，要将整个夏天吃进去的脏物全拉得干干净净！哈，原来是我在拉，已经拉了一大摊了。主人正全神贯注地盯着我。“拉干净了吗？”主人问。我摇摇尾巴表示拉完了。主人撒上煤灰，随便乱扫几下，将我的粪便扫到灶脚下。他似乎认为粪便一点都不脏。那又为什么要洗肠呢？真弄不清他们是什么意思。“虾姨把你交给我来处理了。”老头又说，“你给我站起来，让我看看你。”我的腿发软，我站不起来了，趴在地上一下也动不了，我觉得自己会死。“你站不起来吗？那就算了。你们都这样。你爷爷那年来串门，把我的烤猪肉吃了个精光，可是我叫他从地上跳到灶头，他就跳不上去！”老头唠唠叨叨地躺到床上去了。这时那些吃饱了的同胞陆陆续续离开盘子，靠墙排成一排打起瞌睡来。我感到房子里头又升温了，与此同时，我的腿也在恢复力量，我尝试了几次，终于站起来了。热啊，热！一定是房主和同胞肚子里面的煤球在燃烧。他们都在睡，仿佛高温令他们惬意无比。突然，三只公鸡在屋当中打起架来了。两只大的攻击那一只小的，将那只小的冠子都撕裂了。小公鸡脸上血糊糊的，蹲在地上将头努力藏到胸脯毛里头去。那两只还不放过他，继续攻击他，在他身上乱啄，啄得毛都掉下来，身上啄出了血。看来他要死在同胞手里了。正在这心惊肉跳的瞬间，他一下子就腾飞起来了。他张开翅膀，像鸟一样在空中飞了一个圈，然后重重地摔了下来。房子里被他掀起热浪，我都快中暑了。他在地上急骤地挣扎了几下就不动了。另外两只围拢来啄他的羽毛，一束一束地啄下来，他们的动作凶暴又迅速，很快小公鸡身上就光秃秃的了。公鸡们闹腾的时候，我那些同胞们都在昏睡，可是有一只家鼠出来了，他长得同我从前在别人家里看见的那只一模一样，也是左后腿那里有一块白毛。他从小公鸡的背上用力咬下去，扯下一块肉，很快地吃起来。吃完一块又去撕咬第二块，将小公鸡的背上弄出一个大窟窿。从门口射进来了一道光，我看到了窟窿里的内脏。家鼠叼着那块肉到了我的面前，向我炫耀似的大嚼，我闻到浓烈的腐败的臭味。难道是这块肉发出的气味？小公鸡不是刚死吗？肉还是鲜活的啊。啊，没有毛的小公鸡居然摇摇晃晃地站起来了！他背上那个窟窿格外显眼。他摇摇摆摆地朝我走过来！家鼠立刻叼着那块肉钻进洞里去了。白白的身体,鸡冠上面的血都凝结了,圆圆的眼睛瞪着我。我感觉他只要再走过来几步，我就会被他体内发出的热辐射灼伤。他在原地跳了几下，有几粒弹子样的小球从他背上的窟窿里蹦了出来，落在地上，燃起火苗，一会儿就烧得不留痕迹了。他再蹦几下，又有几粒飞了出来，我都看呆了。他蹦呀蹦的，直到将体内弄空了才停下来，倒在地上。这时他身上的热辐射也消失了。我走到他面前，拨了拨他。天哪，他只有一层皮了！连骨头都消失了！我还想将这一小堆秽物看个明白时，就听见房主在床上说话了。

“他嘛，就是有意来报复我，死在我屋里的。要知道我这里是容不得死东西的，我最怕看见死。好久以来啊，我因为怕天天做噩梦，所以我才更起劲地消毒嘛。”他说着就下了床，也蹲在小公鸡的遗骸边，用火钳去拨弄那张皮囊。他口里喃喃地说：“瘟疫啊瘟疫。”我心里暗想，他都已经烧没了，剩下这点点皮囊，里头还会有瘟疫？既然有瘟疫，他又为什么不马上扔出去，而是老用火钳去拨？他突然又将矛头对准了我，凶狠地瞪着三角眼恶狠狠地问我：“你，蹲在这里看什么？这不是给蛇看的东西！”我担心他用火钳来戳我，赶紧往床底下躲。我从床底下看见他将那张鸡皮夹到一个碗里，然后将碗放到橱柜里头去了。我真是吃惊！这个人说的同做的会这么相反！另外那两只公鸡也出来了，围着主人叫，还飞起来啄他。他们是抗议吗？那么抗议什么呢？是他们大家（包括那只鼠）将小公鸡肢解了，主人将剩余的一点点皮囊收到碗柜里去了。难道他们又不满意了？这屋里的高温到底是怎么回事？主人将脑袋伸到床底下来了，问："蛇啊，你想吃东西吗？可是煤球不是给你吃的，你吃了就会被烧得灰都不留。给你吃这个吧。"他将大把青草扔到床底下。我可不是食草动物。当我厌恶地离开那些草，到墙边去睡觉时，那些草散发出来的气味却又令我返回。这是什么气味？我尝试着吃下几根，这多汁的东西让我的嘴角流下绿色汁水。我感到异样的兴奋，真恨不得乱蹦乱跳。我极想跳到一个什么地方去，我说不清那是一个什么地方，似乎同阴暗有关。于是我往大柜后面的阴影里钻去。啊，那种草的味道越来越浓，曾经有过的对故乡的思念又煎熬着我了。我还待在这个大垃圾桶似的贫民窟里干什么啊？我应该毫不犹豫地马上回到故乡，我脑子里关于她的记忆都快爆炸了。然而我的腿这么细瘦，就是走到城里去一次都那么费力；我也不知道去草原的路，万里迢迢，我会死在路上的，这种事想都不要想。我只能满身病毒地待在这个垃圾桶里，成日里做清洁，消毒。主人又为什么要让我吃故乡的青草呢？

让我的欲望破灭，这就是他处心积虑想达到的目的，大概他认为这对我有益吧？故乡故乡，我今生今世是回不去了。我没料到我还能吃到故乡的草，这当然是那里的草，我记得那么清楚，这是很久很久以前我还没出生时，我的祖先天天吃的东西。房主到过那里了吗？还是有个使者穿梭于两地？我想呀想的，就睡着了。梦里头有人在说话，是虾姨。虾姨说，我可以走得到草原。"只要试一下，腿子就强壮起来了。"她这话是什么意思呢？看来我得赶快醒来，去尝试。我用力一睁眼，看见主人将头探到床下来了，他瞪着我，那两只倒三角看得我心里发憷。"街拐角那里有两条蛇被烧死了，整个地区都在消毒，他们往哪里跑。哼哼。"他叫我出来。

我摇摇晃晃地走出来，看见他又将那一碟小公鸡的残骸放在地上了。他让我吃了那点东西。我不想吃，他就用木棒击我的头，反复击，我晕过去又醒来，后来实在受不了了，只好忍着恶心吞下那点东西。吞下之后很不舒服，老翻白眼，想吐，又站不起来了，就趴在地上。在我前面的那个洞里，家鼠伸出了头，用奇怪的眼神看我。什么？他在等着来吃我吗？瞧那眼神！又一阵恶心，我眼前模糊了。啊，他来咬我的脸了！我一发疯就站起来了，他还是死死咬住不放，就像同我的脸粘在一起了一样。我觉得他一定将我的脸咬穿了，我不能动，一动脸就会被连毛带皮撕下一块。房主在上方说："蛇啊蛇，这是练习你的耐力呢。"我闻到家鼠身上一股阴沟水的气味。他这么脏，老头却让他住在他家，还走来走去！忽然，他松开了我的脸。我用前爪摸了摸脸，还好，大概只咬了几个牙洞。奇怪的是这个凶恶的家伙立刻就倒在了我面前，肚皮鼓胀，嘴角也流出了黑血。中毒的是他！我身上带着剧毒！老头的消毒方法怎么没能消掉我的毒呢？他到底是要消掉我的毒，还是要让我变成一团剧毒物质，用我来毒老鼠？他背对我坐在那把椅子里头，他的背影很像一个我熟悉的东西。我想呀想的，终于想起来了，他就是像家乡的那块人形石头！那石头从泥土里长出地面，一直矗立在那草场的中央。像人，却又不是人，很多同胞特别喜欢绕着它跑来跑去的。"你不要老盯着我看了，我就是从牧场来的。"他说这话时没有转过身来。靠墙排列的同胞们都在侧耳倾听。这么说，我们都是牧场来的！我记得那严酷的气候，我也记得那晶莹的蓝天，还有短暂得不像真实的夏天，草丛里藏着无数的秘密，终日不知疲倦地在天空盘旋的鹰……回忆，杀死人的回忆，让人万念俱灰的回忆！我恨不得立刻让肉体消失，进入到那里头去……我也不知道我怎么会记得我太爷爷，甚至太爷爷的爷爷他们那一辈的事。那些事随时都可以在我脑海里出现，同我现在的生活形成对照。

当然，即使是真的还能够回去，我也不能适应那种气候的。每年那里都有一半以上的同胞死去——死在初冬降临之际。如果我在那里的话，一定是第一个死去的家伙。草原上没有瘟疫，你只不过是感觉到透心的冷，然后心就停止跳动了。所以同胞不说谁“死了”，只是说：“冷了。”我虽没在那地方，可是我记得那个黑尾巴的家伙，他仰天躺在那里，看着他上面那些堆起来的灰云，微微地张着嘴，一动不动。他已经冷得像冰，硬邦邦的。我还记得一年又一年，尽管有新的同胞出生，我们的数量还是越来越少。我却不记得后来是否有过逃亡，应该是有过的，不然的话，贫民窟里的这些同胞，还有我，又是怎么回事？“让我带小鼠回家，让我带小鼠回家，让我……”虾姨在门外老重复这句话，却不进来，也许她怕热吧。

贫民窟是我的家，这个家不尽如我意，到处都艰难，到处埋伏着杀机。可是我只有这一个家，只能待在这里。从前我有一个故乡，那个故乡再也回不去了，我再渴念她也是无济于事。我待在我的贫民窟里，眼睛混浊，腿子细瘦，肠胃反复中毒。熬着熬着，故乡上空那只巨大的鹰就会出现在脑海里，给我带来力量。

图书在版编目（CIP）数据

紫晶月季花 / 残雪著. —长沙：湖南文艺出版社，2014.8(2025.10重印)
ISBN 978-7-5404-6766-1

Ⅰ.①紫… Ⅱ.①残… Ⅲ.①短篇小说－小说集－中国－当代
Ⅳ.①I247.7

中国版本图书馆CIP数据核字（2014）第124423号

紫晶月季花

ZIJING YUEJIHUA

残雪　著

出 版 人：陈新文
责任编辑：陈小真　肖　潇
装帧设计：弘毅麦田
版式设计：周基东工作室
湖南文艺出版社出版、发行
（湖南省长沙市东二环一段508号　邮编：410014）
网址：www.hnwy.net
湖南省新华书店经销
湖南省众鑫印务有限公司印刷

2014年8月第1版　2025年10月第3次印刷
开本：880 mm×1230 mm　1/32
印张：8.5
字数：160,000
书号：ISBN 978-7-5404-6766-1
定价：35.00元

本社邮购电话：0731-85983015　若有质量问题，请直接与本社出版科联系调换